大三那年，
我在台灣

主編：吳秋霞、張曉嵐

淡江大學出版中心

淡江大學 校長 序

　　本校文學院融合西方科學精神與東方哲學思維，集結創意漢學、文化觀覽、創新出版、影視娛樂及數位內容，推動「文化創意產業學程」多年，受到各界肯定。

　　2014 年與福建師範大學簽署合作協議書，促成該校學生至本校「文創學程閩台專班」研修一年的美事。2016 年該校副校長汪文頂等一行專程蒞校座談，雙方就首屆「閩台班」住宿、選課及社團參與等研讀細節交換意見。

　　所量身設計的文創課程分為專業基礎、專業方向及實踐環節 3 類別，聘任的師資匯聚文學院 5 系教師，以帶領該校文化產業管理系 49 位大三陸生，了解台灣的文化創意產業及實務經驗，課堂也開放本校生共同學習，俾利加速融入台灣文化。

文創閩台班與校長有約合影
（攝影：陳美聖）

3

　　為記錄兩岸學術交流盛事，本校出版中心出版《大三那年，我在台灣》文冊，循著一年課程脈絡，從遇見、初識、緣結、印記、啟航五單元鋪陳，分享閩台班同學，首度來台灣的所見所聞，傳承如何學習淡江文化，提供日後來台研讀的學弟妹參考方向。

　　書中許多同學描述親身體驗的感受，特別是台灣的教學方式和大陸有所不同，認為台灣老師把學生視為朋友，授課內容活潑、充實，也有同學透過旅遊走讀台灣，希望這種種回憶，能成為典藏淡江生活一年的紀念品，特為之序。

　　淡江大學校長

張家宜

謹識於 2017 年 5 月

福建師範大學 副校長 序

海峽兩岸一衣帶水，血緣至親；閩台兩地隔海相望，文緣深厚。

福建師範大學是一所百年學府，前身為 1907 年由清末帝師陳寶琛先生創立的福建優級師範學堂，百載春秋，薪火相傳，歷經百年建設，已發展成為東南名校。福建師範大學文學院主要由福建優級師範學堂國文科、協和大學與華南女子學院等中文系科發展而來，英才輩出，人才薈萃，葉聖陶、郭紹虞、嚴叔夏、黃壽祺、俞元桂等先賢在此任教，並確立了優良的治學之風。

近年來，福建師範大學文學院致力於開展兩岸文化交流，築建文化認同的歷史根基，在閩台人才聯合培養上實施「引進來」和「走出去」的戰略，讓中華文化的根緊緊抓住兩岸青年的心。2014 年，學院跨越海峽，與台灣淡江大學合作，開設全國首個閩台聯合培養文化產業管理人才的專業，旨在培養具有豐富的人文知識和較高綜合文化素質的複合型、應用型文化產業管理人才。2016 年 9 月，首批文化產業管理（閩台合作項目）專業學生赴台學習。

一年來，2014 級閩台班同學在淡江大學文學院接受文創學程的全方位教育，與台灣任課教師、文創產業從業者互動良好，參與文創課題組工作，參與校外教學，學有所獲。學生積極參與淡江大學各項社團活動，融入台灣校園生活，體

驗校園文化，與台灣學生建立深厚友誼。在課餘時間，學生走出校門，到台灣文創園區、景區參訪，感受台灣風土人情及文化氛圍，在實踐中體驗文創。

本書系文化產業管理（閩台合作項目）專業學生在台研修心得與記錄的合集，或敘述生活體驗，分享台灣記憶，或記錄研習經歷，分享專業思考，形式多樣。在本書中，有同學對台灣文化的觀察，也有他們對兩岸文創發展的對比和思考；有同學對青春奮鬥的篤行，也有他們對未來和夢想的憧憬，內容豐富。將閩台合作項目班一整年的成長記錄結集出版，走在了全國前列。本書的問世為我校閩台合作辦學的深入開展提供了一手資料，也為兩岸高校學生交流提供了寶貴經驗。為此，我謹向作者、編輯和淡江大學出版中心表示感謝。書中見解和文筆短淺、疏漏之處，還望讀者予以客觀檢視和批評指正。我堅信，在我校與淡江大學的合作下，文化產業管理（閩台合作項目）專業將越辦越好，兩岸、兩校交流也將不斷深化，惠及更多師生。

鄭家建

2017 年 5 月 1 日於福州倉山

青春是一種行走

青春是一種行走，因為路就在那裡。讀萬卷書、行萬里路，自古而然。在青春的歲月裡，能有一年光陰行走於寶島的山山水水，體悟世情百態的方方面面，這段經歷彌足珍貴。展閱書冊，珠璣錦繡，彙聚的是一篇篇小品文般的訴說，宛若打開了風景嫣然的一扇扇小窗，令人訝異、莞爾又驚喜……

書裡，那些點點滴滴的小事，如淡水多雨的傍晚，伴著小巷中昏黃的燈盞，氤氳出溫柔的過往；筆下，那些絲絲縷縷的情愫，如墾丁薄霧的清晨，攜著沙灘上潔白的海浪，蕩漾出雋永的歡笑；文中，那些輕輕悄悄的呢喃，如花蓮起風的午後，擁著山石上的草木，飛揚出深邃的思考……在作者們筆下，那一份份特色小吃的品味，那一段段多彩旅途的回憶，那一個個繽紛創意的昇華，那一次次細微思考的總結，都帶著與寶島依偎、碰撞而激發出的領悟，書寫出青春對於社會、人生、文化的認知和對於友誼、親情、勇氣的理解。一件件或細微或深刻的過往，一幕幕往昔學習與生活圖景，都融匯在作者們的筆端，流動出鮮活的年輕音符，泠泠作響，靈動活潑。

青春，不需要獨自去體味宿命與停滯的歎息，她只有關那千百次轉山轉水得來緣分的珍惜，和對不經意間曇花

綻放般感動的留戀。毋庸諱言，紛擾、困惑、際遇、迷惘，固然是成長所應有的疼痛，但勇氣、堅持、樂觀、善意，更是青春行走本身的應有之義，而這些，正閃現在書中猶如稜鏡般映射出的光彩之中。

　　無論是淡江同學的友情、院系老師的教誨，還是社團活動的融入、居民善意的感受，都在書中印下了美好的回憶。同時，字裡行間，眾多吉光片羽般閃現的感動，更體現出青春成長的印記：無論是高美濕地的絢美夕陽、恆春半島的慵懶小鎮，還是西門町的創意小鋪、新光三越的各色包包；無論是饒河街夜市的藥燉排骨、深坑老街的廟口麻辣臭豆腐、蚵仔煎的古早味道或在十分老街的鐵軌上放天燈；以及博物館中的興奮初見、宜蘭民宿裡的融洽相處，社團內激動的轟趴、午後一起躲雨的屋簷；或是耳機裡《旅行的意義》、往來機車的轟隆聲，還是外澳尖叫的滑翔傘、沙珠灣勇敢的衝浪板；無論是對辯論會本質的體認、對兩岸文創的比較，還是對自創劇本排演的陶醉、對給媛

媛寫信的執著，在許多看似絮絮叨叨的瑣碎表達中，勾連的其實是生活底版上本應有的繽紛色彩。

文貴有情，真誠的文章就是好文章。書中或許有的筆觸略顯稚嫩青澀，或許有的訴說有些枝蔓紛擾，但青春寫作沒什麼不可以！希望書中的作者們，一如此時此情，永遠保持對未來的樂觀、對生活的希望、對未知的探求以及對生活本身發自本心的愛。

我不會忘記，那年，我和你們一起在台灣，感受青春、體驗行走……

福建師範大學文學院文化產業系講師
碩士生導師
尚光一
2017 年 4 月 28 日 於淡水靜思齋

目　次

中文一 A 班的大三生

嘿，20 歲的我，你好嗎？該背上行李，看看不一樣的風景了。

你在期待著什麼？更鮮豔的生活還是更刺痛心靈的成長？或許，只是一段輕鬆愉悅的「旅程」？來到一個新的地方—台灣，一切都是未知。旅行、學習、交友……即使是同樣的事情，也將有不同的體驗。初來乍到的你，對這座城市的第一印象是什麼？是不熟悉卻不習慣的繁體字，還是條條路上轟鳴的機車，亦或是熱情幫助的陌生人？還有夜市裡五花八門的小吃、老街中五顏六色的霓虹燈、公車上溫文爾雅的陌生人，是否在你記憶深處留下別樣的印記？在這裡遇到的點滴，讓你獲得了什麼？是獨自一人前行的勇氣，還是在一個個景點留下的合影？

在體驗著新鮮感的同時，偶爾還是會想家吧！抬頭仰望天空，看到飛機劃過去的痕跡，陌生卻又似曾相識形狀的雲，讓你開始思念遠方家裡溫暖的燈光和爸媽下廚的背影。思念過後，也會鼓勵自己，孤獨也許是最好的成長，我們和父母朋友，可以相約在平行的時空下，一起過好屬於自己的人生。只要記得父母的寄語：做自己喜歡的事，走自己想走的路，愛喜歡自己和自己喜歡的人。然後便可勇敢的踏上未知的路途，前方的風景必定別有洞天，即將到來的人生總不會太差。

就算是不同的城市，不同的文化，不同的飲食，不同的人，我們也願在一個全新的地點，開啟全新的路途。在不同中找到相

同，在相同中追求特別。這樣的我們，每天都在路上，每一天都有新的期待。勇敢面對每一次的不知所措，你會發現有更多的人陪伴你走下去。你可以永遠懷揣驚喜，每天與不同的有趣靈魂相遇。幸運的話，還能在這個喜歡的城市，遇見喜歡的人，過著喜歡的日子，默默對自己說一句：「嗯，很好。」。

有人說，你的血肉裡藏著你讀過的書走過的路見過的人，這片土地的文化、美景、人情味，教會了我許多東西，它們融入我的生命，讓我在陌生的城市也能敞開心扉。感恩、感念生活中每一個未知的驚喜，喜歡在地人習慣性掛在嘴上的「謝謝」和垃圾分類回收的做法，懂得感恩、隨處環保，讓這個地方變得如想像中美好。

我們在這裡跑過人生中的一段旅途，爆發青春，也堅持夢想。心之所向，身之所往，不管路途如何，環境怎樣，我們都帶著理想進發，迎著曙光披荊斬棘。無論何時，心都嚮往著更遠的遠方。我們在這裡生活，在這裡成長，也許有很多不足，但我們願意嘗試，願意學習，願意試錯。堅信著前方有一個獨屬於自己的目的地，要到那裡去，見一見不曾預料過的風光，和早就在靜候著的更棒的自己。

Here, now, this moment. 我們活在這裡，活在當下，擁抱最青春的時光和最美好的你們。

在台灣的生活，總會有不期而遇的溫暖和生生不息的希望。這裡的風景也許不是最迷人，這裡的建築或許不是最雄偉，然而

這裡的人們卻為這塊土地增添了不可複製的溫暖，我喜歡駐足這裡，看向遠方。戴著耳機，看著眼前的風景，想為這片土地譜曲，「關於台灣我想的全是你，想來生活不過是痛苦和美麗；關於台灣我愛的全是你，愛來愛去不明白愛的意義。」在這裡活過的日子，成為一片片印入腦中的記憶。

淡水，快要離開，快要愛上，久住如家。陽光揮灑的夏天，雨下不停的冬天，變幻莫測的四季，不管之後怎樣，現在用力愛，未來想念不變，這裡的晴和雨，深夜的樹下和清晨的校園，都會是回憶裡的奇妙旅程。

我們又走到了淡水的海岸，面向淡水，如古人般持杯，吟曰：

且向山水尋光景，何必江湖爭令名？竹杖芒鞋輕勝馬，天地蒼茫任吾行。

這是霹靂布袋戲留下的記憶。

少年聽雨歌樓上，紅燭昏羅帳。壯年聽雨客舟中，江闊雲低，斷雁叫西風。

而今聽雨僧廬下，鬢已星星也。悲歡離合總無情，一任階前點滴到天明。

想來將與淡水這個美麗的人兒告別，惆悵溢滿思緒。

歎。寶島玲瓏秀美，桃源夢裡難尋。

不知未來要花多少時光留戀。

待我白髮，想來「淡水」二字，遍是青春的記憶與美好，我們曾走過無數地方和無盡歲月，搭著肩環遊無法遺忘的光輝世界。

應無所住，而生其心。這裡帶給我的平靜，讓我有了更強的力量面向未來。閉上眼，記憶中的我，從沙灘上走來，一半的日光映照在海浪裡，格外的亮麗。我來回走了兩遍，將好看的風景也看了兩遍。想盡力走過這裡的每寸土地，用盡全身力氣，換得半生回憶。

這裡，挺好的，嗯。更好的是，原來你也在這裡。

因為你在，我很安心，也更加有勇氣去追逐心中所想，變得愈加溫暖。

於是，我們將溫暖聚集，繪成一本永恆的記憶。未來或許終將分離，只願君勿忘初心。

這是我們的故事，49 個人的言語，一起訴說，匯成一班的記憶。我們是福師大 2014 級文產班，也是淡大中文系一年級 A 班。我們在這裡，等你翻開後面的故事。

淡江學園

遇見

主編：朱思奇

九月的台灣，溫熱得是會跳動的心臟，一下一下，唱著來自太平洋的歌聲。

踏入這片土地，是一場冒險，也終將是我們的青春裡最大膽、最無悔的舉動。

陌生而又熟悉的，像是回到兒時記憶裡故鄉溫情的懷抱，又像是邂逅一場素昧平生的相遇。須臾數月，因為走過的路，遇見的人，做過的事，變得好似一生那樣漫長精彩。

嘿，我在台灣，你在哪裡？

我很好，忙碌而充實，快樂而幸福，你呢？

那些在台灣的「第一次」

那些在台灣的「第一次」

張煒晗

　　作為一名從北方遠道而來的學子，台灣於我而言是一個陌生的地域。我一直在尋找台灣與家鄉的相同點以此來適應這新的生活，而在這慢慢地尋覓中，我卻誤打誤撞地發現，那些因為相異而產生的「第一次」經歷，才是帶給我最大感動和最深記憶的。

今天是我第一次來台灣

下飛機後，第一個感覺就是「好多繁體字啊！」，我看著機場看板上的繁體字，開玩笑地對同行的友人說：「來到這裡我不僅是路癡還是字盲呀！」。

身邊匆匆走過的行人，不知道是不是有人和我們一樣是來求學的。其實想想我們也還算很幸運的，一個班一起過來台灣求學，所有的手續都不需要我們親力親為，兩邊的學校早已準備好一切，我們只需要安全到達就好了。

機場終究是感覺不到什麼的，而出機場之後我才開始真正認識到這個陌生的地方。儘管今天是第一天，但還是有很多事情等著我去做，包括第一次逛超市，第一次使用台幣，第一次聽到滿大街的台灣腔，第一次吃到台灣的麥當勞……等等。

總之，今天是我來到台灣的第一天。雖然不能說什麼舟車勞頓，但也是因為趕早班機所以很疲倦，不過台灣還是給了我很不一樣的感覺，讓我慢慢地從睏意一點點轉變為好奇。儘管有很多東西叫法不一樣，但畢竟我們的文化還是相通的，生活也不會有什麼大的困難，只要慢慢適應就好啦。

第一天就在新奇中結束了，不知道未來的這幾個月，會給我帶來什麼樣的驚喜呀。

今天是我第一次真正去欣賞台灣的景色

早就聽說淡水的夕陽很美,甚至都被列入了台灣不得不去的十大景點之中,所以駐紮在淡水的我自然不能錯過這絕好的機會。於是我趁著這個無所事事的週末,約了幾個朋友去感受淡水夕陽這美景。

我們到的時候是下午 4 點左右,太陽還高高地懸掛在天空上,絲毫沒有打算落下的意思。陽光灑在水面上,伴著棧道上駐唱藝人的歌聲,我感覺這一切都特別美好而美妙。我們坐在一個不起眼的角落,喝著剛買來的奶茶,談論著來台以來的一些趣事。突然一個朋友說「是不是開始落日了!」,我們這時候才開始抬頭仔細地望向天空。

剛才高高懸掛的太陽正在一點點落下,陽光已經沒有那麼耀人,落日的餘暉灑在海面上,那是我第一次看到什麼是真正的海天相接。這並不是我第一次看落日,但這卻是我第一次看到這麼美的

淡水捷運站旁的夕陽(攝影:吳秋霞)

22

落日。我急忙拿起手機去拍，遠處的山，近處的海，天邊的落日，三者相得益彰。

我找不出貼切的詞語來形容那番景象，只能蒼白地感歎「是真的，好美啊！」

今天是在台灣的第一次 YouBike[1] 之旅

在來台之前就聽到了許多有關台灣騎行的故事，自己還很期待著說沒准可以這樣環島一圈欣賞美景，而今天我終於有機會可以提前滿足一下我內心的好奇。

同行的朋友已經不是第一次騎行了，於是她在我騎上 Ubike 之前就對我進行這個車下坡很快，上坡很累的告知。但我一開始並未在意，等到我親身體驗後我才發現這真的和我想像的不一樣。

最開始讓我驚訝的是淡水國小那邊的大下坡，我第一次感受到那一輛輛機車就和我肩並肩地往下衝，機車引擎的聲音在我耳邊一直發出轟鳴聲，我死命的拉住手閘，可是哪怕我已經把它拉到底，它還是以一個我從未感受過的快速直衝下去。我在下坡的那兩秒裡想了很多，但我都不記得了，我只記得我衝下坡後驚魂未定地對朋友說的第一句是「它真的好快啊！」。

當我經歷了速度與激情般的下坡後，緊接著累到死的好漢坡

1.關於YouBike：YouBike微笑單車使用電子無人自動化管理系統，提供自行車甲租乙還的租賃服務。以「YouBike微笑單車」作為對外的服務品牌名稱（標誌上標示為Ubike）。

（上坡）。如果說，在下坡的時候是我與機車肩並肩一同往下衝；那上坡就是我看著一輛輛機車與我擦肩而過後快速消失。不論我怎麼死命的踩自行車，我都感覺沒有任何的挪動，等到我快騎到最高點的時候，我和朋友不約而同的停下來休息，她一臉疲憊地回頭看了我一眼，我也有氣無力地抬頭對她說「真的太累了！」。

不過開心的是，儘管我們在路上經歷了很多痛苦，我們還是順利地到達了我們的終點。當我們拖著疲倦的身體找到了新北投捷運站附近的 Ubike 停靠點時，我覺得太陽沒有那麼耀眼了，身體沒有那麼虛弱了，世界都明亮了起來。放完自行車後朋友把我拉到北投捷運站，和我說：「和這幾個字拍張照，我們在這裡死去，也在這裡活過來了」。

所以，我的單車行首行算是愉快的結束了，至於單車環島就算了，真的太累啦！

2016 年 12 月 26 日 星期一 晴

昨天是第一次連軸轉了 21 個小時，也是第一次熬夜到清晨 6 點。

我是一個很喜歡睡覺的人，而且也不會輕易醒來。但是這一次，我從週六早上 8 點半起床到昨天早上 5 點半，一分鐘都沒有休息過，為的就是一個叫做 iWalker 的報告的決賽。

當初做這個期末報告的時候就是每天翻講義和上網查資料，

等到展示後入選決賽，我們特意跑去找老師商量，得到的結果卻是要改掉我們原本報告百分之八十的內容。那一刻我內心是崩潰的，但比賽的時間沒剩幾天了，於是我們連夜寫文稿改報告，把老師提的意見全部用到我們的報告裡，最終完成了這份全新的報告。在今天課上我們小組展示後老師半開玩笑地說了一句「這個組我要留下來當助教，他們把我說的每一項內容都記住了。」

這一份 iWalker 從創意發想到分工做報告，從期末上台展示到進入決賽，從找老師指導到把內容都重新做一遍，從一次次的排演到最後的上台表演，我們終於在今天為這個報告畫上了一個圓滿的句號。這些天早起和熬夜的辛苦沒有白費，而這可能是我為數不多的真切體會到那種豐收的喜悅啊。

2016 年 12 月 30 日 星期五 陰

今天是第一次，把這些第一次，都整理在一起啊！

從 9 月 11 日來台到現在，今天是第 110 天，感覺時間過得可真快，我好像還沒有怎麼好好享受這不一樣的美景卻要結束這一學期的生活了。其實除了我那些難忘的第一次，台灣的人情也是給了我最大的感動。不論是在桃園機場時麵包店員看出我不是本地人後親切地告訴我手中幣值的大小，還是宿舍樓下肯德基的店員每次都輕聲細語地為我服務，亦或是第一次去吃飯的店家就為我們大方地贈送各種美食，這些小小的細節都讓我覺得特別的溫暖。人們都說「台灣最美的是人」，而我如今也深刻地體會到

了這句話的含義。有時候在捷運站，突然就有人會問你是不是從大陸過來，而後他們就會耐心地為你說明這邊的生活是怎麼樣的，告訴我們哪裡有好玩的、哪裡有好吃的，那一個個之前從未謀面的陌生人卻像是已熟悉多年的老友，沒有簡單的寒暄與客套的話語，有的只是滿腔的熱情。那時候的我總會有一個瞬間，覺得我們就是闊別多年的好友，只是偶然相遇在車站，聊起往事感慨生活，幸福而又溫暖。

所以說，人情之於台灣，不僅美麗，還有掏心掏肺的真誠。

寫了這麼多零碎的第一次，希望還有更多的第一次可以在台灣去享受和體驗。不管以後的我身處何方，想到這段時間在台的生活，還會感歎「那個就是給了我眾多第一次經歷的地方啊」。

街上打鼓的女孩

行走台灣，學文創—歷史重煥榮光

周婧雯

從師大到淡大，我們在台灣度過一年的時間。在這裡，我們學習淡大文創學程的同時，還有許多機會到台灣各地觀光參訪，領略對歷史文化保留和傳承的獨特方式。如果說，創新是一種全新的詮釋，那麼文化創新就不得不先對過往的文化進行多角度的解讀，從而用最適合它的方法來延續甚至啟動。在關注歷史文化對產業的作用力時，台灣的博物館讓我對歷史文化傳承和創新有了全新的認識，也有了很多關於文化產業的思考。

科技參與，提升趣味

提到博物館和文創我們最先想到的就是，博物館會利用科技手段不斷提升文化傳播的作用力，從而解決在實現其傳播功能的過程中會遇到的障礙。對於博物館而言，除了從空間設計的角度提升氛圍以外，科技產品的加入可以說為博物館添加了一股新鮮動力。我們最常見的一種就是博物館內的隨身電子導覽設備。像台北故宮這樣每天都會接待來自世界各地參觀者的博物院，利用電子導覽系統可以很好的解決語言障礙的問題，同時語音導覽系統也是手持的地圖和藏品庫，成為促進受眾接受資訊的良性催化劑。一個有趣的對比，在大陸像福建省博物院這樣規模比較小、受眾範圍更窄並對參觀者免費開放的博物館，都逐漸發展其微信公眾號平台的二級菜單作為音頻導覽模組，讓參觀者的手機直接

成為導覽器，方便快捷。

當然除了隨行裝置以外，博物館也有固定的多媒體展區讓科技與展品做有機結合，讓參觀者能夠主動的親身參與到其中，利用科技營造出充滿奇幻色彩的氛圍也能讓觀者對展出的內容有更深刻的體會和記憶。台北故宮二樓的書畫多媒體展室就是這樣的一個空間，以 2015 年 10 月 8 日起在此展出的《藝域漫遊—郎世寧新媒體藝術展》為例，就是將郎世寧的作品帶入數位元世界，以虛實交映的方式重現，展廳門口有以修女和乾隆形象設計的虛擬導覽員。展覽的製作有香港城市大學創意媒體學院的參與，獨特的 4G 創新應用體驗區可以滿足參觀者多重感官體驗。產學合作的形式讓大學生這樣的新鮮血液和高新科技同時參與歷史文化的傳承中，也讓我們的傳統文化元素擁有更加新穎的展現形式，不論是從視聽還是美學的角度都迸發了奇妙的火花。

親身參與，深入體驗

對於藝術類、科學與技術類這種具有特殊類型的博物館而言，讓參觀者動手參與能夠能更加直觀的體會而不是紙上談兵。就如位於新北市瑞芳區金瓜石的黃金博物館由原來的台灣金屬礦業公司辦公室改建而成，是台灣第一個生態博物館，在講述台灣礦業歷史的同時還能讓人們參與體驗。黃金博物館的三樓有「淘金體驗區」，參觀者可以在體驗區學習用淘金盤淘洗沙金，並把淘洗出帶有金沙的水裝進小玻璃罐中作為紀念品帶走。

除此之外，閩台兩地在體驗區設置上的不同也很有意思，以

兩地都有的溫泉博物館為例：福州溫泉博物館位於福州市鼓樓區溫泉公園路，是鼓樓區政府負責打造的溫泉主題博物館，注重將傳統溫泉與現代城市居民生活方式相結合，融合博物館、溫泉體驗區和休閒商業配套區於一體。而位於新北市的北投溫泉博物館有著截然不同的風格，它由早期的公共浴場改建而成，保留當時的大、小浴池，並有榻榻米活動大廳供參觀者休息。同樣是溫泉博物館，福州與北投各自營造了不同的氛圍。不論是結合現代還是回憶過去，置身其中都能讓人有別樣的感受。

除了利用固定的體驗區之外，定期開展主題活動是博物館連接受眾的良性紐帶，也是將內容不斷向外傳輸的推動力之一。台灣有不少有特色的博物館都積極組織各色的體驗式活動，並且活動的密度都很大。像位於新北市的十三行博物館就根據其館藏的特色內容，以「打鐵英雄」為主題設計了一系列以 DIY 鐵製品相關的特展教育推廣活動，繳交 60 元台幣的體驗費用就能夠親手參與製作。當你親自參與製作某個有文化特色的物件，它背後蘊含的故事也會更深入人心。

全民參與，歷史活化

生態博物館是近年來比較熱門的自然博物館形態。這種以區域為單位的、沒有圍牆的博物館重視一種人與遺產的活化關係。從參觀者的角度而言，置身其中就是一次對當地文化和生活形態的體驗。台灣在生態博物館的發展上比較靠前，桃園市打造的大溪木藝生態博物館可以說是比較成功的例子。大溪利用生態博物

館的理念，與居民共同致力於保存、記錄和展演「大溪木藝產業」和「大溪常民生活」兩大核心主題，推廣當代木藝生活美學。設立許多街角博物館，讓歷史的見證者或是傳承者親自講述或是呈現屬於大溪的獨特歷史。當我們走在大溪的街頭，我們可以聽到、看到、體驗到文化。同時也讓我深深思考，是否有更多的方式可以讓歷史活化，而不只是陳列或是記載？我們每個人是否也都能成為家鄉歷史文化的傳承人之一？

濃縮文化，創意開發

　　博物館是文化元素集結十分密集的區域，在這樣擁有濃厚文化氛圍的地方不論是對於周邊產品開發還是銷售都是極佳的條件，加上許多博物館已經成為當地旅遊觀光的熱門經典。因此，越來越多的博物館開始設計並售賣官方的周邊產品。一般來說，博物館開發衍生品在銷售上具有一定的優勢。首先，博物館擁有較為固定的客源，並且沒有普通商家在場地方面的顧慮與費用開銷。其次，博物館的氛圍對於文化商品的銷售本身就是一種不可替代的優勢。

翠玉白菜
台北故宮博物院所珍藏的玉器雕刻，利用翠玉天然的色澤雕出白菜的形狀。

　　放眼台北故宮的禮品店，我們能夠看到最多的就是以「翠玉白菜」為主題開發出的各種衍生品。不論是各種比例的翠玉白菜模型、鑰匙掛墜、雨傘……還是明信片，都是在同類型產品裡銷售量最為靠前的。對於博物館而言，用明星藏品開發的衍生品很容易能讓商品一上架就借助藏品的光芒擁有數量較多的粉

絲。大多數的消費者也喜歡購買比較有知名度與代表性的商品作為紀念或是饋贈親友。因此，以館藏的明星藏品為設計元素，針對不同消費能力和喜好偏向的顧客，開發不同價位、類型的衍生品是博物館的周邊產品開發重要方向。

當然，除了藉助本來就具有一定人氣的藏品，還可以將原本並不很起眼的文化元素或是文物元素加上一定創意進行商品的開發。其中最具代表性的例子就是台北故宮的「朕知道了」紙膠帶。雖然在紙膠帶的製造或是圖樣設計上並沒有特別的工藝，但它巧妙地把古代君王手寫的日常用語利用在現代人的日用文具上，給普通的商品賦予了一種十分幽默詼諧的趣味。更重要的是「朕知道了」讓台北故宮再次成為人們眼中的焦點，也成為文創產業中的明星品牌。也就是說好的創意可以賦予商品生命力，好的商品也能為品牌提升外溢力。

在台灣我們可以看到許多關於博物館建設的好例子，同時在大陸也有許多優秀的創意與博物館結合。不論是北京故宮博物院利用電商平台使自己的文創商品大賣，還是《我在故宮修文物》形成的巨大反響，都讓我們看到博物館的轉型和與時俱進。相比之下，在台灣我們看到的更多小而精緻的案例，對於省、市、區縣級別的地區在地區文化創意開發上可以汲取不少經驗。而對於我們學習文創的人，博物館只是一個文創產業的縮影，如何將你的創意在未來真正實現、學以致用，而不是紙上談兵，是在獲取經驗之後我們更應該思考的。

虛懷若谷，求知若渴

周曉迎

台中行幹農活：李其霖老師校外參訪課程

　　在赴台研修前，我大概和大部分普通學生一樣，不過是往返在圖書館、教室、宿舍等幾點之間，偶爾逢假日出遠門走走看看。但如果你要問我，我有什麼特別之處？以後想要從事哪種職業？自己想要追求的東西到底是什麼？恐怕一時間，我還真回答不上來。

我很感謝一直在背後愛護我、支持我的爸爸媽媽。正因為他們全票通過了我填報的閩台合作專業，我才能在大三到台灣研修。而這一年，也提供了我一把破解窘境、開啟希望之門的金鑰匙。

不得不說的是，剛開學時，在「知識管理與科技創」新這門課上，老師強調了關於賈伯斯 (Steven Paul Jobs) 2005 年在斯坦福大學畢業典禮上給廣大畢業生的最後一條人生忠告 " Stay Hungry, stay Foolish. " 當時老師還特地補充道：「面對學問，虛懷若谷；面對知識，求知若渴。」這句話我一直銘記在心，也貫穿著我學習和生活的方方面面。我認為，支撐我尋找那把金鑰匙的，或許就是這種待人處事的人生態度和境界吧。

來到台灣淡江大學研修也快一個學期了，幸運的是這種處世態度使我看到期待已然照進了現實，心中油然而生的是獲益匪淺的喜悅。

在學習方面感觸最深的有三點：

首先，在這邊研修時師生間的互動交流機會增多，我們能在輕鬆友好的氛圍中學到多方面的知識。比如在繁忙的期末報告週，我們有一門科目不僅要求完成期末當堂報告，還讓優秀的團隊參與新一輪行銷專案彙報的 PK 大賽。我們小組險勝入圍。大家幾乎連續三週天天熬夜開會討論，黑眼圈重得跟朋友貓眼似的。當我們遇到解決不了的瓶頸時，我們會統一記錄下來並嘗試和老師取得聯繫，請求老師幫忙指點。老師非常熱心、敬業地願意犧牲個人時間抽空和我們約星巴克面談，當場進行點評。沒想到我們

冬至晚會交換禮物

費盡心血做成的 PPT 到頭來卻只剩下首頁和尾頁不用修改，其他部分都要再進行大改。伴著曲曲悠揚樂，我們邊品嚐咖啡、邊聽老師分享著人生經驗：為人處世、專業學問、人生理想……最讓我感慨的是，實作經驗如此豐富的老師仍舊懷抱著一顆謙卑的心不斷學習和探索新知。陽光明媚的早晨，懷抱著一種「虛懷若谷，求知若渴」的心態，不知不覺間感覺就被灌下了滿滿的精神食糧。

其次，課程設計生動活潑，蠻注重社會實踐，強調創新與協作的精神。課程要求自主學習性強，常以小組討論合作的方式開展學習成果的展示與交流。像在話劇《迷惘森林》的小組報告中，大家擅長的領域不同，自然扮演的角色定位也不同。有的是技術宅，有的是大編導，有的是舞美設計，有的是演員，總之各司其職。在這出童話劇中，我扮演女主的角色。由於平時很少參演話劇，我的演技其實很一般。很感謝小組成員對我的支持、鼓勵和指導，在彩排過程中，他們不斷給我提出改進的建議，直言不諱，指導我如何更入戲，示範給我看如何演得更出色，仔細扣我的每一個神情、動作、語態等等。正如古話「忠言逆耳利於行」，我仍舊懷著「虛懷若谷，求知若渴」的求知欲耐心地傾聽和採納每一份真摯的建議。我們加班加點地開會討論、熬夜排演和落實分工專案，這個過程很累但也很快樂。

　　最終，「功夫不負有心人」，我們小組報告喜獲佳績，人氣票選第三。我們的話劇主題是「尋找自我，不要迷失自我」台下其中一位同學反映感覺特別受觸動，她認為：「大學裡每個人都在尋找真正的自我，這是一個學習和享受的過程，是大學裡最美的風景。」戲如人生、人生如戲。我們也很感動能收到如此高的評價。一個團結合作的小組最大的亮點就在於集思廣益、同甘共苦、互補共進。正如古話「三人行，必有我師焉。」每個人都有值得你欣賞學習之處，不論哪個角色，只要懷抱著一種謙卑的學習心態，總能收穫頗豐。

　　再次，帶著「虛懷若谷，求知若渴」的心態，玩中學，學中玩，邊玩邊學兩不誤。學期初，我鼓起勇氣報考了一場 12 月份的雅思。對於第一次報考且僅有不到三個月準備時間的「烤鴨」來說，面對著台灣誘人的景點和美食，儘管備考時間緊迫，但是講真，我實在難以讓自己專注刷題。但我一定會制定好當日計畫，堅持每天至少碰英語三小時，不管是刷題也好，和外國人交流也行，其他時間可以讓自己適當玩耍、勞逸結合。記得臨近考試的前一週，老師有組織台中行的活動，當時的我其實非常糾結到底要不要去，一方面出於對這場考試的緊張和不自信，另一方面覺得出遊會耽誤複習進度。但也出於老早前就答應過老師會參加的原因，而且身邊很多朋友也建議我考前可以適當放鬆，路上和老師聊聊英語也挺好的。最終我選擇帶著一小本複習資料和一顆愛玩的心隨著老師和同學們一塊上路。

　　在路上，你永遠無法想像生活給你帶來的種種驚喜。這趟旅

行，老師領著我們見識到了許多有趣好玩的新事物，感受到了異地獨特的風土人情，更重要的是帶著一顆「虛懷若谷，求知若渴」的心，我認識了許多優秀的學長、學姊。大家時而英語交流，時而分享自己的故事，有說有笑。學長、學姊們也給了我許多建設性的指導—面對很多的事情，最好的狀態或許是帶著「一點點的焦慮」和「不那麼在乎的坦然」，再加上「十足的努力」，最後帶著勇氣去面對各種各樣的結果。帶著這種感覺，我沉穩應戰、淡定自若，在享受生活的同時，也取得了 6.5 分的首戰成績，感覺就像是一種小確幸吧。

另外，在生活方面，我有兩點比較深刻的感觸。

一是台灣社會體現了多元文化的碰撞和交融。在淡江大學，師生國際化模式下的面對面交流機會增多，培養和開拓了學生全球化的視野。與市民的日常溝通，與師長同學的學術交流，與外國朋友的語言文化激蕩等等，都能碰撞出閃亮的智慧火花。記得在開學初，我在圖書館電梯間只是習慣性地和一位外國人微笑地打了個招呼，卻沒想到聊著聊著就自然而然地熟絡了起來。坐在圖書館四樓外文書庫靠窗邊的桌椅，遠眺著觀音山、淡水河，我們小聲暢談，不由自主地分享著彼此間的故事。我們的言語中都無形地流露著一種奇妙的默契，也就是「面

花蓮：清水斷崖

對學問，虛懷若谷；面對知識，求知若渴」的心態。他送給我了一句話，「With open mind, broaden your horizon, interaction more and learn more from books and outsides!」他一口飽滿圓潤的美式發音，配合著豐富的肢體語言似乎在為我尋求金鑰匙的路上點亮了明燈—知識和智慧勝於一切。

二是師長、朋友們在生活上的照顧總在不經意間觸動心房。早餐店老闆的每日暖心問候「早餐要吃飽，出門在外要加油哦！」；生病臥床時老師貼心的訊息「多注意休息，及時和我彙報病情。」等等讓我的研修生活處處充滿著陽光和溫暖。學校領導和老師們也都對我們關愛倍至：在赴台研修不到四個月的時間裡，我們就舉辦了不下五次學院領導與班級的交流聚餐會。像近期舉辦的冬至聖誕聚會，系辦的老師都很用心地策劃這場活動。不僅為我們準備了美味佳餚，還特別貼心地準備了冬至裡大家愛吃的湯圓、餃子。並且為全體參與者安排了一個禮物互換的環節，抽取未知的驚喜，讓這個冬至充滿著「家」一般的溫暖。我以一種謙卑的求知欲，在這樣輕鬆愉快的氣氛中享受與各位師長、同學、朋友交談，更是從許多不經意的細節中發現了蘊藏著的大道理、大智慧。

異地的這個學期，讓我相信自己有無限的發展潛能去成為一個更優秀的自己。我想，我會繼續帶著「虛懷若谷，求知若渴」的胸懷待人處事，帶著恩師、父母、親朋給予我的鼓勵和支持，朝著自己更確切的目標繼續探索下去，自強不息，厚德載物！

把全盛的我都活過

朱亞琳

我們總是希望把所有的事情都提前安排好。殊不知，把生活的全過程當做一場旅行的話，所有未知的出人意料的驚喜才是這個過程中最有趣的地方。

大概在 2016 年 5、6 月份的時候，我便計畫好一整年的旅行計畫，包括如何利用各種節假日走遍全台灣，參加各式各樣的社團活動來釋放自己。甚至在大二學年還沒結束，整個人的心就已經飛向台灣啦。

　　或許這就是生活的有趣之處，你永遠猜不到下一秒會發生什麼，你不知道你會遇到什麼樣的人，你不知道會發生什麼事情，你不知道你自己會變成什麼樣子。這些生活的未知，大概是這半年來台灣給我最大的禮物吧。

關於社團

　　起初是因為好奇，便報名了單車社舉辦的「淡淡相連」騎行活動，利用雙十節假日的三天，從淡江大學淡水校區騎行至淡江大學蘭陽校區，來回大概三百公里左右。一直到正式出發之前，我都對淡水到宜蘭的距離沒有概念，甚至在那之前我幾乎沒有參加過騎行練習。在活動的三天裡，天氣並不如意，除了第一天稍好些，後面兩天都是大暴雨。

　　剛開始時精力充沛，只覺得北海岸的公路很美，或者說北海岸的海很美。我一邊騎著車，一邊高聲歌唱，看著一望無際的碧海和藍天，豁然開朗。五六個小時的騎行之後，只覺得整個人都要散架了，稍微動一下，只感覺肌肉酸脹得不行，還能聽到骨頭咯吱咯吱的響聲。

　　大概是我身體的每一部分都如我這般適應能力極強，儘管很辛苦，還是繼續前行。畢竟這還是第一次跟一群朋友一起騎行，第一次大家一起外宿聊天遊戲、第一次騎山路、第一次連著兩天身上沒有乾過、第一次任憑雨水落在身上去享受每一個瞬間、第一次看到大海的兩面。

如果說晴天的大海是一望無際湛藍的美好，那麼雨天的海大概是一片灰濛濛壯觀之景，所謂驚濤拍岸，捲起千堆雪大抵如此。

最後一天時天氣狀況是最差的，考慮到安全問題，我們必須改變回程路線。風很大，我甚至無法控制公路車的龍頭，上坡段的騎行又遇上逆風，增加了騎行難度，以致於我影響大家的速度。還讓一位有經驗的社團的幹部跟隨著我，照顧我的安全。

大約在晚上 7 點左右，補給車因為歸還時間的原因便不跟著我們了。我體力極度透支，很冷很餓，在中途休息的時候，同行的夥伴翻出她們自己身上僅剩的食物給我補充血糖，並且一直給我鼓勵。後來我還是因為體力不支，不小心從車上摔了下來，摔車之後我的騎行速度越來越慢，儘管很想要努力追上大隊伍，可是那時候我的身體已經不受自己控制了，好幾次停下來休息，跟大隊伍的距離也越來越遠了，最後的十公里路程是一位社團幹部一隻手扶著自己的公路車方向，一隻手推著我一路騎回淡水的。

三天的時間很短，短到甚至我都無法記住每個人的名字。但是在體力透支、飢寒交迫最辛苦的環境下，每個人都為對方加油

打氣，大家一起努力，這樣的團隊凝聚力，說實話是我之前從未感受過的，這一份感動也是值得我一輩子回味的美好。

關於良師

說實話，來台灣之前，我還不知道我以後想做什麼，什麼事情是我擅長的，什麼又是我所喜歡的？中國有一句古話：師父領進門，修行在個人。但這句話成立的大前提是你得先進門，之後你必須得找到自己的方向。

在台灣我遇到了這樣的良師—邱鴻祥老師。一開始我並不喜歡邱老師上課的風格，後來慢慢的，我發現他所教的正是我擅長且喜歡的部分，乾貨很多。他的講課模式很特別，沒有特定的教材，幾乎所有都是他的經驗所得，他在 Microsoft 的經歷，他在麥肯錫公司的經歷。他教我們活用知識，他讓我們注重實戰，他所教的都是我無法透過別的管道所能學到的知識。當然其他老師也是如此，但因為那是自己感興趣且擅長的方向，所以體會更加深刻吧！

他也積極為我們爭取機會。在2016 年的 12 月 26 日，他請福建省青創協會的副會長和一些創投公司的行政人員來聽我們簡報，讓我們有機會

可以在這些人面前展示自己甚至是為自己的以後爭取更多的機會。

他不僅教我們知識、給我們機會，更重要的是教會我們華人社會的為人處事之道。他為我們講解部分二月河的作品：《康熙王朝》、《雍正王朝》、《乾隆王朝》，通過裡面的細節告訴我們話該怎麼說才漂亮，人要怎麼做才能夠少碰些壁。在課程結束的時候，他為我們講解了他的求學之路，把當年他的恩師送給他的兩句話贈給我們：「天行健，君子以自強不息；地勢坤，君子以厚德載物。」這兩句話很小的時候便在長輩口中聽說過，但我卻一直不能理解這兩句話的份量，現在也只能是一知半解，畢竟未來還有很長的路要走。

關於生活

以前很喜歡喝一些「雞湯」，總會羨慕文藝青年，嚮往書中所描述花前月下之生活。對我而言，不管是台灣還是福建，都是離家很遠的他鄉，隻身一人沒有親人沒有昔日的好友。而我卻是到了台灣之後，才真正理解何謂你不得不跳出舒適圈去獨立。

在福州的時候，雖然鮮少能回家，但方便的動車線路，幾乎無異的文化生活讓我還是一個待在舒適圈的少女。在台灣，這裡

離家也並不遠，甚至我還有親人在台中可以照顧我，但截然不同的校園氛圍以及差異化的生活體驗，逼著我獨立。

在台灣總是會聽到「大陸學生很努力」這樣的言論，雖然偶爾會心裡竊喜。可努力這件事情是之於個人而言的，我很喜歡淡江的學習氛圍，這裡很自由，常常讓我有種我還在北京大學進修的錯覺。「人以群分」是每個地方都無法避免的事情，可這裡更是一個鼓勵每個學生去追求自己夢想的地方，沒有人會隨意否定你，沒有人會自以為是看懂你。只要你努力，你多麼異想天開的夢想都值得被尊敬，這一點也是我當初在北大最深的感觸。

其實每個人都有自己的夢想，一開始大家都是醜小鴨，我們不敢去嘗試，害怕被嘲笑，害怕被否定，於是我們都選擇待在舒適圈，然後再難以跳出自己的圈子去欣賞更大的世界。

我不知道應該如何來形容這半年的時光，是一次跟自己內心的對話，是一次傾聽先輩名言的旅行還是人生的一個轉折點？我不知道，但是努力抓住每一個機會，嘗試跳出自己狹隘的圈子，每一天都比前一天更好，便是收穫！

我和台灣的那些一面之緣

黃一銘

台灣是一個我之前從未來過的地方。我也不曾想過，我會擁有一段長達一年的關於台灣的記憶。

這一切看上去都是那麼偶然，但又好像是早已被命運安排好的。我在台灣看到的、聽到的、遇到的，都是在很久很久以前我做的那些決定中一點一點被堆疊起來的。如果我把在操場上散步的時間拿來學習、如果我沒有填錯那些選擇題、如果我沒有報考福建師範大學……現在，我應該處在一個截然不同的環境中，和一群素未謀面的臉孔，做著完全不同的事情。

大三不疾不徐地到來，我也來赴這場等待兩年的約了。

在學院的安排和老師的帶領下，我們很順利地抵達台灣、入住淡江學園。當天晚上快 10 點的時候，宿舍

裡突然響起了廣播：「淡江學園廣播，現在時間接近晚上 10 點，請訪客與非住宿生儘快離開淡江學園宿舍。」之後我們發現，每晚保安叔叔都會盡職盡責，通過廣播提醒大家時間，確保宿舍樓的安全。第一晚，在這個人生地不熟的地方，我睡得很香。

來台灣之前，我推著重重的行李箱上坡崴了腳。還好帶了急救藥的同學毫不吝嗇地把特效藥借給我用，緩解了我的疼痛，男生們也非常紳士地幫我們提行李。但崴傷了的腳變得容易再次受傷，開學後一週，我又崴到腳了。我一邊埋怨自己不小心，一邊一瘸一拐地打探醫務室的位置。迎面走來了一位女同學，看我受傷了的樣子，又向她詢問醫務室的方向，便主動提出要扶我去醫務室處理傷口。一雙陌生的手傳來的溫度，平復了我在異鄉忐忑的心。

週末我們總是忍不住想要玩耍的心。第一個週末，我們一群女孩子就一起前往西門町購物。走在西門町的街道上，我和同學們邊走邊聊，這時一個台灣的大叔好奇地看了看我們問：「你們是大陸來的嗎？」來自福建的我，還以為自己自帶台灣腔，沒想到一下子就被識破。大叔笑眯眯的說：「台灣有很多不錯的地方，我帶了一張地圖，你們看看。」說著，大叔從包裡拿出一張捷運地圖指著上面的景點：「九份的芋圓很好吃哦，可以去嚐嚐；士林官邸很美，一定要去哦！」我被大叔的熱情嚇到了，還以為他是導遊，要向我們推銷，但沒想到大叔也很客觀地告訴我們：「這個景點其實很爛，你們不要去。」大叔說了一大堆，回頭看到我們茫然的臉，又貼心的問：「記住了嗎？要不要拿筆寫下來，我

從關渡遠眺觀音山（攝影：吳秋霞）

可以再說一遍。」後來，大叔沒有留下任何聯繫方式，也沒有向我們要任何費用、推銷任何產品，只留下一張寫滿筆記的捷運地圖。

聽說在台灣不可能減肥成功，因為吃實在是太多、太美味了。到了午飯時間，我和同學在士林的街頭尋覓食物，看到「肉羹飯」，忍不住想進去嚐一嚐。但面對完全陌生的名詞，我們看著功能表，猶豫了好久。最後，我們小心翼翼地問老闆娘：「肉羹飯到底是什麼呀？」一個暴露身份的幼稚問題，沒有讓老闆娘露出不耐煩的神色，也沒有敵視外地人、巴結遊客的語氣。相反的，阿姨和旁邊的食客用自然自在的語氣給出解釋，也打消了我們被排擠的顧慮。由於店鋪臨街而開，阿姨還特地提醒我：「小妹妹，阿姨告訴你，包包不要放在靠近馬路那一側哦！出門在外，要懂得保護好自己。」雖然只是一句平平淡淡的提示但那自然的語氣，就像把我當成了自家人。

11 月是淡江的 66 周年校慶，校慶演唱會請來了我小時候的偶像— Hebe 田馥甄和動力火車。S.H.E 不管在台灣還是在大陸，都是我們的記憶，因此入場券十分搶手。說好 12 點開始放票，但 11 點半趕到海報街時，隊伍已經繞網球場好幾圈，甚至排到了宮燈教室。11 月炎熱的太陽升到了最高點，但隊伍卻仍然在變長。經過一個半小時的等待，終於取得入場資格。演唱會當天，Hebe 作為壓軸歌手，在最後和我們大家全場大合唱《小幸運》。

兩個小時的演唱會全程站著，但合唱《小幸運》的時候，我覺得很值得。我很慶幸自己還處在青春的年齡，還可以發瘋、做夢，可以純真、浪漫。Hebe 不會記住台下我們的樣子，也許也看不見我們揮舞的手，但我卻真真切切地看見了站在我面前那個真實的，問我們會不會因為演唱會影響第二天上課的 Hebe。

除了吃喝玩樂，我們在台灣的生活，最重要的部分還是學習。臨近期末，壓力越來越大，這學期的所有課程都需要分組報告，因此除了我們原來的同學，我們還免不了要跟台灣的同學接觸、討論。我們遇到的台灣同學脾氣都很好，即使自己是組長，也不會自己貿然決定，在我們提出反對意見時也不會生氣。雖然他們很少主動提出自己的意見，但是他們做事情都很積極，分配到任務時不推脫、不埋怨。為了讓期末報告更加完善，我們也一次次更改方案、一次次開會、一次次排練。台灣的同學雖然很不適應我們這麼拼命作報告，都覺得大陸的同學好拼好努力，但仍然十分配合，需要他們的時候，就會出現，協助我們解決問題。我還記得臨近期末時，為了排練好我們的表演，我們常常在圖書館的討論室從早上一直練到中午。排練完，台灣的同學又要趕著去上課，連飯都吃不上。即將面臨畢業的台灣同學，還特別穿著學士服拉上我們一起拍攝畢業照留念。

66 周年校慶：演唱會門票

為了完成期末的作業，也為了豐富自己的課

餘生活，我和同學結伴去台北觀看一場戲劇演出。週五的晚上，捷運上一如既往的擠滿了人。擠上捷運後，意外的有一個位置空著，我趕緊讓身體有些不適的同學坐下。而同學也十分體貼的提出要幫我拿著包，以減輕我站著的疲憊。這時，我面前那個坐著的男生默默看了我們倆一眼，就一言不發地站了起來，把座位讓給了我。我正丈二和尚摸不著頭腦，那個男生好像也意識到了我的疑惑，靦腆地說：「因為想讓你們朋友兩個可以坐在一起，不被分開。」我第一次感受到，捷運並不總是擠到喘不過氣的，捷運也可以是溫暖體貼的。

　　這些溫暖的瞬間總是在不經意間與我撞了個滿懷。沉溺於美好的種種，我的大三似乎過得特別快。也許會快到讓我沒時間和機會跟這裡的一切好好道別，和那些擦肩而過，那些一面之緣，那些讓我珍藏的記憶和感動。

墾丁民宿：燈塔情人旅店

記憶名片

張斌煌

「你看過了許多美景，你看過了許多美女，你迷失在地圖上每一道短暫的光陰」。

半年的時光裡，走了不少地方，也見過不少有趣的人和景。一段時間後回想起曾經於這片土地上的記憶，或許無法完完全全地再現，但有些人和有些事卻會成為這段記憶的名片。

光陰歲月裡的淡大

淡江大學成立於 1950 年，至今已有 66 年的歷史。現代化的校園環境讓人捉摸不到它的歲月。

第一次接觸到淡大的歲月記憶與李雙澤有關。一次偶然，散步於校園中，路過牧羊草坪。草坪中立著吉他形狀的紀念碑，走進一看發現是李雙澤紀念碑，碑文寫著「唱自己的歌，在這裡發聲」。興趣之下便開始瞭解起李雙澤——他是淡大的學子，台灣校園民歌運動的先驅。四十年前，淡江文理學院的民謠演唱會上，李雙澤振臂高呼「唱我們自己的歌」，並因此催生了台灣校園民歌運動。

聽著耳機傳來的《美麗島》，漫步在淡江校園，看著不遠處練舞的學生社團……這是我心中的淡大記憶。

旅途中的司機

這裡的司機大多很友好，往往會給相逢的旅客許多有用的建議。而在遊玩台中與台南兩個城市的記憶裡，有兩位司機是怎樣也無法忘記的。

「小弟，聽你口音，不是台灣人吧！」我們一行人坐在前往高美濕地的計程車（的士）上，司機大哥向我搭話道。「我會說台語哦！你猜是不是」我總會說上幾句台語來讓司機猜猜。結果司機大哥卻是咧嘴一笑「要是換成一般的司機，還真的被你騙過

去了。我猜你是福建來的吧，大抵是泉州或者廈門的。」「你怎麼知道？之前的台灣同學可聽不出來」我感到訝異。「你別看我一幅中年的模樣，其實我也有 60 歲了。或許現在的年輕人對於口音不敏感。但是老一輩的人就能從話語中分出南北部的口音。我年輕的時候去過大陸，也和福建的人談過生意，口音倒是分辨得出。」似乎是識破了我，司機大叔笑得很得意。

因為口音的話題，一行人和司機大叔很快就熟絡了起來。這位大叔聊起自己的曾經，到大陸各地跑生意，去過四川、福建、上海，唯獨沒有往更北的地方走，因為他怕冷……也談到近來港人到台買房的熱潮，一直極力勸我們將來事業有成在高美濕地買棟別墅過活。他說自己現在不愁錢，買了幾棟在濕地旁的別墅，坐等升值轉出後收錢，無聊的時候就開出租車出來載客。如果他沒有吹牛的話，那這樣的生活倒也是悠哉。下車時司機遞給我一張名片，告訴我如果到時候裡頭的司機坐地起價時打給他。我下了車向師傅揮了揮手，這是位有趣的大叔。

另一位有趣的司機在台南。從上車的一開始他便打開了話匣子。一路開過哪個橋，他便會向你侃幾句這個地方的歷史。台南是個歷史名府，這裡的計程車司機也大多經過導覽培訓，他們為這座城市的曾經感到驕傲，也都能侃上幾句台南的歷史。或許是把該講的都講完了，司機師傅竟聊起自己以前上學的日子。男生和女生分班上，偶爾碰到公共課一起上便要好生打扮一番。他說自己那時候算是個混混，也有蠻多女生喜歡。一邊回憶著學生時代的往昔，一邊感歎著後來奔波於生計的無奈。從他話裡盡是歲

月的故事，就像他所處的這座城市一樣。

這一位可愛的司機都已成為我旅途記憶中的一張名片。在我看來，每一座城市裡的人與故事才是這座城市最真實的名片。

老街相遇的好奇少女

文創學程的每一堂課裡，都有幾個有趣的台灣同學。印象最深的是週一課上的一位外語學院的女孩。

和她第一次認識是在老師組織的老街遊覽中。按照七人一組的規矩，她和我分到了一組。起初我興致不高，並不想搭理組內的其他同學。誰知她竟一直向我發出問題，你知道這是什麼年代的嗎，你知道這個結構有什麼意義嗎，你知道為什麼深坑老街的豆腐那麼出名嗎……因為出發前有做功課，我也就有一句沒一句地隨意答到。聊多了兩個人便也漸漸熟絡起來，那時候我便覺得她是個好奇心很強的人。

林百貨：
在 1932 年 12 月 5 日開幕，是當時台南第一高樓，且配有電梯、鐵捲門等當時少見的現代化設備。

那一次之後我們便成了朋友。和一般的學生不一樣，她一直有著很強的求知慾。藝術創作和攝影是她愛好的領域，同時也是這方面的入門者。所以她會加入相關的社團，週末也常常跑到台北觀展。每每週一上課的時候，便會向我分享上週她的所見所聞。她的出現倒是讓我感到慚愧──對興趣懷有熱衷，對生活亦充滿希望。

五月天與小巨蛋

來台前曾許了個願──到小巨蛋聽場演唱會！所以當五月天放出於小巨蛋連開九場演唱會時，我便決意一定要聽一場。

從初一時開始喜歡五月天，那時候班級舉辦聖誕派對，在派對的尾聲，全體男生一起合唱了一首《離開地球表面》，「丟掉電視丟電腦，丟掉大腦再丟煩惱」，那一刻縱情狂歡的各位似乎想把一切煩惱都丟掉。中學的時候喜好自由，但總被各種功課約束，五月天的歌便是我們精神放縱的歸處。一直到後來的《倔強》、《知足》等等的歌，都能從其中得到力量。

所以當 12 月 21 日的那個晚上，五月天復刻七年前「DNA」專場演唱會時，我也隨著歌曲回憶起當時的青蔥年少和被歌曲鼓舞的中學時代。五月天是台灣本土的樂團，對於台灣搖滾界有著無以言說的意義。當主唱阿信在演唱會上講起五月天剛創辦時歷經的艱辛，然後把他寫進《憨人》、《出頭天》這些歌時，我明白這些歌裡的故事。或是倔強，或是灑脫，這是五月天歌曲裡的態度。當他們站在全台的音樂地標小巨蛋喊出這些歌時，這何嘗又不是在向世界發聲──這是華語音樂所具備的能量呢。

提前一個小時到小巨蛋

演唱會有一幕讓我印象深刻。有一個家庭帶著家中失智的少年到場聽歌，姊姊曾在五月天的 Facebook 頁面留言希望給少年一份驚喜，因為五月天是他最喜歡的樂團。當螢幕的畫面放出這一家人的身影，當阿信將《洋蔥》、《相信》、《我不願讓你一個人》這三首歌送給少年時，全場不禁起立鼓掌。音樂的力量大抵就是為了讓失意的人重拾信心吧？

我們這一代人的青春，大抵都有台灣歌手的聲音留下。這一片土地的人們用歌曲寫出他們的名片。

尾

這是一個充滿的故事和奇遇的土地。在轉角的咖啡店，在路遇的計程車，在凌晨的夜宵攤，在車水馬龍的忠孝東路，都有許多故事在發生。

插上耳機，《旅行的意義》播放在耳邊，騎著 Ubike 穿梭於台北的大街小巷，耳邊時不時會傳來幾句親切的台語，這一切都帶著台灣的味道。這片土地不知覺中早已有了許多獨家的名片。

希望未來的相遇中會拾到更多的台灣名片。

安平古堡旁的樹

那一年的我與台灣

董佳鈺

　　我有時候覺得生命就像一個個輪迴。就好比一個學期即將結束的今天，我坐在桌前寫這篇小結的時候，腦海中浮現出在淡大學習期間的各種經歷──有學習、備考時的緊張；有聚會、出遊時的興奮；有獨處、寂寞時的無聊。當所有的一切都歸於平靜的時候，我覺得自己成熟了很多，也由衷慶幸能有這樣一次難得的機會，讓我來到海峽對岸，開始一段我之前未曾擁有過的學習生活。

　　回顧在淡江大學學習的這段經歷，我想我忘不了第一次站在講台前的不安，忘不了在深夜等最後一班公車時的焦慮，忘不了害怕考試結果不理想露怯時老師那鼓勵的眼神，也忘不了每當下雨時室友總會關切地問候一聲：帶傘了沒……然而，最難忘的還是自己對於學習的再認識。

其實想去台灣的念頭也許早在高考之前，就已經像種子一般深埋心底了—初高中的時候台灣偶像劇在大陸熱播，加上不少台灣的歌手、樂團在大陸的走紅，讓我愈來愈嚮往台灣的風土人情。好想去看一看那些偶像劇裡的場景，滿足自己的少女心；好想去好好感受一下寶島上的生活，體驗不一樣的人生；好想去台灣的大學享受那裡的教育，找到另一個別樣的自我。所以，在填報高考志願看到福師大的簡介裡有來台灣交流學習的項目時，我毫不猶豫地將它寫在了我的志願表的前端。也多謝這份緣分，讓我來到了台灣，來到了淡江大學。

初次踏上這片陌生的土地的我，雖擁有滿腔的激動，但是對於我這個久居內陸城市的人來說，進入臨海城市生活多少是有些惶恐的，比如陰晴不定的天氣、久久不散的雨季抑或突如其來的地震。種種狀況讓剛到淡水的我無所適從，但是在這，我也有幸感受到了溫柔的暖冬，邂逅了漁人碼頭無與倫比的夕陽，領略了環島的快樂。這一切都是原來的生活未曾賜予我的。

此次交換學習是我離開大陸、旅居異地時間最長的一次。與以往的學習、旅遊不同的是，我真正地在這樣陌生的環境下生活、學習了近五個月的時光，這期間沒有了幫忙料理生活的家人、沒有交互談心的舊友，發生的問題要自己學著去溝通、處理，生活的全部都要靠自己打理。這次的交換學習生涯從很大程度上加強了我的生存能力和自我管理能力。

而在學習條件方面，淡江大學的硬體條件一流，學術氛圍也

非常好。老師們上課都很生動，儘量地多與學生進行互動，而且與實際結合較緊，不斷地讓學生主動的去思考問題，調動學生的積極性，而不只是被動的回答老師問的問題。上課的氣氛很輕鬆，與其說老師是在給學生傳授知識，還不如說老師是在與學生交流。值得一提的是，台灣的大學對於學生的團隊合作能力比較看重，比起一味地進行紙上練

鵝鑾鼻燈塔
鵝鑾鼻公園位於台灣最南端，以燈塔馳名中外。（攝影：吳秋霞）

習，更多的時間讓我們進行分組討論，通過 teamwork，完成各種報告。偶爾還會邀請成功人士前來課堂講座，這讓我有機會跟業界菁英面對面交流，這在之前也是很少能遇見的。這次的台灣學習生活讓我瞭解了台灣高等教育的模式，台灣課堂的輕鬆氛圍和同學們認真態度我刷新了以往對於閒散的大學生活的認識。於是，那多少個為準備簡報、認真撰寫報告所熬的夜，彷彿讓我又回到了多年前的學習生活，彷彿自己記憶中年輕時的身影又再一次鮮活了起來。對於即將進入大四，馬上面臨投入社會的壓力的我而言，這可能是人生中最後一次系統學習時光，機會珍貴。一個學期雖不算長，卻讓我對文創產業的認識由最初的好奇逐漸變為迷茫，而後又在迷茫中逐漸明確了讓自己堅持的動力。也許自己一直以來都只看到了成功者光彩耀人的一面，從未真正想像過，成功背後究竟要付出什麼。感謝這一個學期的學習，讓我的個人素質也在積極學習中得到了穩健的提高。

除了學習，我們幾乎每逢假期都會把握機會大肆遊玩一番，

遠眺高山

大稻埕碼頭夕陽（攝影：邱逸清）

關渡大橋與紅樹林（攝影：吳秋霞）

也因此我在這短短一個學期裡有幸走過台灣不少地方。不同於大陸，台灣的風景能給我們傳達一種寧靜之感，讓我所到之處越多，越覺得自己想去的地方越多。有時候並不明確下一個目的地是哪，會帶著怎樣的信仰和心情出發，但就是會不顧一切的上路，去讓自己見到更多的美景，感受更不一樣的生活。在這我能輕易感受簡單的幸福，或許這就是享受生命的過程。不去想未來的種種紛亂，身在此刻就熱愛此刻。不去想太多的利益權衡，只是單純地過自己想要的生活。我走過花蓮的碧海、漫遊過寧靜的北投街頭；我從陽明山上俯瞰台北、也領略過台南美好的人情。在漫步台灣的過程中，我感受最深切的是中華的文脈在台灣得以很好的保護與繼承。且不論藏品豐富的故宮博物院，無論是中央研究院胡適故居，還是院內研究所收藏的琳瑯滿目的出土文物，抑或是國立中正大學歷史所收藏的私人捐贈珍貴文獻，以及佛

光山規模宏大的佛陀紀念館，都從不同角度呈現出對中國傳統文化的愛惜，讓人感動與欣慰。

而在知識與精神層面，台灣文化氛圍中的靜的一面，讓我無法忘懷，在這禪宗的精神得以充分表現與發揚。在一個威權與自由交替的社會，具有獨立精神人格的個體，很容易在傳統的中國文化中探索出適合的人生軌跡，先儒、後道、終佛，殊途同歸到禪宗的境界，消減了急功近利之心，少了憤憤不平之情，增添了隨緣淡定之慧，多了寬容理解之行。

如果要我對這次台灣交換學習之行做一個評價的話，我可以用「不虛此行」這四個字來形容。的確，不同的生活環境讓我有了很多不同的體驗，也使得我在人際交往方面有了很多的改變，短短的一學期裡，我經歷了許多事，遇到了很多人，也讓我有很多新的體悟。這次台灣之旅對我來說不單單只是一個學習專業知識的機會，更是一個深刻瞭解自己，尋找自己的過程。在確立我的人生觀上，我也由模模糊糊漸漸走向清晰。新的環境，不同的面孔讓我更加明白了我想要追求的是什麼。勇敢的去追求我想要的東西，我想，這就足夠了。

一個學期即將結束，而這段難忘的學習生活帶來的餘震卻久久不能消散。我想，當我背著行囊回到家中之時，裝滿的一定都是各種美好的回憶。或許，一個新的輪迴又將開始，我將滿懷熱情地迎接新的挑戰。

我遇見誰，會有怎樣的對白？

楊曉珊

大三那年，我在台灣，最美的除了風景，還有人！

緣分就是那麼奇妙，當初高考後一個小小的決定，會給自己帶來的後續發展連我自己都難以想像。從沒想過在大陸以外的地方上大學的我，大三那年，來到台灣求學。緊張、激動、害怕、擔心……一切的故事從 2016 年 9 月 11 日開始。

我是福建泉州人，二十年裡地地道道的閩南人，會說閩南話、會唱閩南歌、會認繁體字。十年來認認真真地收看台灣鄉土劇（從

泉州四套），對於相似的文化，少了好奇卻多了求證的心理。為我送行的是福州的雨，迎接我的卻是桃園的烈日，一個太矯情，一個太熱情。第一次坐飛機，屁股還沒坐熱就到了，在心疼機票真貴的同時也感慨，台灣離我原來這麼近。飛機落地，迎接我的台灣腔，對我來說實在太親切，想想在未來的一年裡，我帶有閩南腔的普通話也能在這裡自由放縱，心情更好了，只是激動過後，前一天失眠導致的睏意席捲而來，胡亂收拾出一個能睡人的地方後，我在台灣的第一天過去了。

今天報到、明天上課，還是早上 8 點的課。赴台學習的第二天，課程表就給了我一個下馬威。基於第一天事情太多，思緒混亂，我對台灣的認識可以說是從第二天才開始，也就是從第二天開始，我見過的所有台灣人構成了我對台灣的印象。在這裡，我遇見了不同的人，在不同的對白下，我走進了台灣同根下長出的不同的文化裡。

大三那年，我在台灣，有一群可愛得不像老師的老師！

在台灣淡江大學上半學期的學習中，我們一共有十門課，於是我遇見了 8 位老師（其中邱鴻祥老師很辛苦地負責包括實習在內的三門課），我必須要簡單介紹一下他們。第一個為我們上課的是口頭禪為「坦白講」、要照顧三個孩子的好男人陳建安老師；然後是永遠只穿一種衣服工作、經歷超強的邱鴻祥老師；以及總是對我們嘟嘴賣萌假裝會當掉我們的張志強老師；烤蛋糕和做手工書超讚、會給我們帶食物的吳秋霞老師；有許多奇奇怪怪收藏、

整天帶我們到處逛的李其霖老師；有詩人李白的氣質且對我們「放養」的班導師馬銘浩老師；髮型和服裝超酷演技一級棒的萬玉鳳老師；少女心爆棚又有知心姊姊氣質、期末報告超繁瑣的劉中薇老師。當然也絕對不會忘記，總是以超級活潑的樣子出現的江姊，為我們在學習的同時，安排了許多去了肯定不吃虧，沒去一定會後悔的有趣活動。當然這些精闢的形容，也只有我這種全勤的乖學生總結得出來。在上課的過程中，除了為以上來自文化產業各個領域的老師們的專業性和淵博的學識所傾倒以外，我也感受到一種不同於大陸大學的緊繃嚴肅，而是輕鬆風趣的學習環境。在最輕鬆的環境下，用最認真的態度為我們傳授知識，這是我對這半年來接觸的所有老師的一致印象。

大三那年，我在台灣，在不同地方遇到同樣熱情的店主！

正所謂「民以食為天」，除了學習和逛街，來到台灣後最貼近我們生活的就是飲食。雖然所謂「正宗」的台灣菜早在很久以前就已經在福建盛行，但親自來到台灣品嚐之後，還是有不同的感受，在食物味道上只有甜度的差別。台灣的飲食較大陸的台灣菜更甜，最大的不同在於服務態度，台灣的店家實在太熱情和親切。讓我留下印象最深刻的除了長得很帥的服務員小哥以外，就是老店的店主。我對老店以及年紀較大的店主總有莫名信任的情感，我相信他們代表著最正宗的台灣味和台灣人情，每一次走進老店，感受的絕對不僅是食物，還有深厚而又真切的台灣文化。雖然我會說台語，但奈何口音上有些許不同，有時仍舊會不小心

被認出來是大陸來的朋友，大部分時候阿婆阿伯都會親切地詢問我來自福建何處，無數次我自報家門是泉州人時，得到的都是「我們在兩百多年前也是從泉州（漳州、廈門）過來的」。雖然當下沒有「老鄉見老鄉，兩眼淚汪汪」的場面出現，但是之後每一次再去，也總會感覺到非一般的親近和默契。當然也缺不了各種類型的服務員帥小哥，在你用餐的時候對你噓寒問暖，讓人胃口大開，情不自禁多點了好多菜。以及總把我們當台灣人的賣滷味阿姨，不時脫口而出的台語，讓身邊聽不懂的同學們聽得一愣一愣的……

大三那年，我在台灣，認識許多真誠有趣的朋友！

來到淡江大學就不能不加入社團，參加社團對我來說也是一次莫名其妙的經歷。還記得那是一個夜晚，我從冷氣超級給力的圖書館參觀完出來，一群身材打扮火辣的女生站在活動中心的門口拉人。我本想默默經過，就在這時一雙雙熱情的手拉住了我，我在穿著短裙高跟鞋的情況下，被邀請加入淡江大學競技啦啦操隊的新生歡迎活動，然後在歡樂氣氛的帶動下，體育超爛的我頭腦一熱加入了這個堪比雜技團的社團。

淡水紅毛城

　　然而，現在的我再回想當時的情況，真心覺得幸運又奇妙，倘若沒有因為好奇進入，我永遠不會知道淡江大學的學生們竟如此用心地經營社團，發展自己的興趣愛好。將社團課計入學分的做法也給予我很多的啟示，你認真的在做的事絕對不會是完全無用的，在學習的同時，培養興趣愛好同樣重要。

　　也許在未來你用不到在社團裡所學到的東西，但是在過程中所收穫的真誠、熱情、親切和團隊精神是一生受用不盡的美好回憶。

　　除了在社團裡認識的夥伴們，在圖漫工作室實習一起努力的朋友們也同樣有趣。他們之中有很靠得住的學姊，腦回路清奇的

學長，認真負責的學妹，當然還有在寫漫畫劇本時整天胡思亂想的我們。他們給予我幫助的細節太多太多，會因為一句看似玩笑話的詢問，幫我問遍認識的學長姊的學伴；會在門禁後給我們開門的淡江學院保安大叔；教我們做垃圾分類的保潔員大媽……他們給予我們的幫助滲透在生活中的時時刻刻，微小而又暖心。

　　大三那年，我在台灣，最美的不是風景，是人！

台中彩虹眷村

台灣，你好

崔征

「晚風輕拂澎湖灣，白浪逐沙灘，沒有椰林綴斜陽，只是一片海藍藍。」

小時候最喜歡的歌就是這首《外婆的澎湖灣》。每當哼起這首歌曲，腦海中就會浮現一幅的畫面：一個人，光著腳丫，自由地奔跑在海邊的沙灘上，皎潔的月光灑落我的臉龐，晚風吹拂著每一縷髮絲。可以說這首歌承載著太多兒時的記憶，承載著太多的美好嚮往。大三那年，我的美夢終於成真。

回想起那天踏上寶島台灣的那一刻，心裡還是無比的興奮激動，好想放聲呼喊：台灣，你好，我來了！

在台灣的每一天，我都沉浸在豐富多彩的學習和生活之中，感受著這裡每一寸土地的溫度，傾聽著這裡每一朵浪花的翻騰，感動著來自每一位陌生人的問候，陶醉在多元文化相互融合的氛圍裡，享受著這一段寶貴的時光。

緣分讓我們在各自的人生路途中相遇

剛開始一切並沒有想像中的那麼順利。比如，在台灣，路邊是很少有垃圾桶，因此當你吃完早餐的時候，需要將垃圾拿在手中，一直到教室或者宿舍，才能擺脫垃圾的困擾。

台灣的垃圾分類回收系統非常成熟，他們將各種垃圾分成好多種類，這樣就可以實現資源的充分回收和利用。在台灣有兩種黃色的車，一種叫「小黃」，也就是大家都經常見到的計程車；另一種叫「大黃」，它就是台灣很獨特但又很常見的垃圾回收車。每天的下午6點到8點左右，你就會聽到馬路上傳來《致愛麗絲》的鈴聲，那就是垃圾車發出的聲音。這個時候，如果你正好走在路邊，你會看到一幕非常壯觀的景象：人們自覺地排成一個隊伍，等候大黃經過，然後非常有秩序地將手中的垃圾扔到車上。

除了垃圾分類回收制度之外，在台灣，你還會發現到處都是便利店。每走幾十米，你就會看到一家便利店的招牌。你不要小看便利店，因為在你生活一段時間之後，你會發現你的生活已經離不開它們了。台灣的便利店常見的有兩家：7-Eleven、FamilyMart 。它們並不是我們想像中一家小超市那麼簡單，它集超市、咖啡廳、自動取款機、購票機、快遞中心於一體。麻雀雖小，五臟俱全，不管你有什麼需求，它們基本上都可以滿足。

在台灣，機車是不得不提的一種交通工具。與大陸不同，台灣的交通工具主要以機車也就是「摩托車」為主。每到上下班高峰期，機車大隊就會形成一道亮麗的景觀：無數的機車在紅燈變綠的那一剎那同時發動，密密麻麻戴著頭盔的騎士像風一般，呼

嘯著穿過十字路口，空氣中彌漫著一股濃濃的機油味。此時，如果你走在馬路邊，請屏住呼吸，保持身體直線行走，不然很容易發生危險。

　　台灣的街道也是一種獨特的風景。走在掛滿各式各樣招牌的街道上，你一定會被五顏六色的招牌搞得眼花繚亂。台灣由於年降水量較大，一年有一大半都在下雨，因此馬路的兩邊都會有騎樓。走在騎樓下，穿梭在朦朧的煙雨中，累了隨便找一家有特色的咖啡廳休息一下，喝一杯咖啡，也是一種別致的情調。

　　台灣在多元文化的交融之下具有極大的包容性，日式、韓式、越式等各個國家的料理在台灣你都可以找到。這裡不得不提台灣的夜市文化和老街文化，因為這些小吃大多集聚在夜市和老街之中。可惜的是，台灣的夜市大同小異，著名的夜市有：士林夜市、寧夏夜市、逢甲夜市等等。閒來無事，在夜市或者老街中享受一下台灣小吃的美味，逛一逛精品文創商店也是一種休閒娛樂的生活方式。

北投公園的池塘

彰化鹿港龍山寺

淡江中學

漁人碼頭夕陽

道禾六藝文化館
台中刑務所演武場，位於台中市西區林森路 33 號，興建於日治時期昭和 12 年（西元 1937 年），為司獄官、警察日常練武之武道館舍，屬本市僅存之演武場，歷史原貌保存完整，極具保存、再利用及建築研究價值。

除此之外，從宗教信仰來看也可以發現，台灣的宗教信仰非常繁盛，各種信仰錯綜複雜。與便利店一樣，沒走幾步你就可以看到一座小廟，記得有一句話這樣形容台灣的廟：「台灣的廟比台灣所有的村子的數量加起來還要多。」

有一句話說：在台灣最美的風景是人。在來到台灣之前，我不太相信。現在，我真切地體會到了這句話的內涵。台灣人說話都非常懂禮貌，不論是早餐店的阿姨還是賣水果的大爺，不論是小朋友還是老年人，你每天聽到最多的話就是「謝謝」。公車和捷運上都會設有博愛座，即便是車內人滿為患，你也很少看到有年輕人坐到博愛座上，絕大多數的人會很自覺地將博愛座空出來讓有需要的人坐。在這種無形的氛圍裡，你會感覺到人與人之間關係的那種和諧和友善，也許一個陌生人不經意間的舉動或者一句話就可以溫暖你的心。

　　除了以上在生活上一些體驗之外，作為一名學生，學習還是最重要的一件事。在小組合作的過程中讓我體會到了一個團隊的重要性，小組合作需要來自大家的集體智慧，眾人拾柴火焰高。在淡江大學的課堂上，老師與學生之間沒有那麼嚴肅，每個老師都會把學生看成自己的朋友，老師與學生之間的互動更為頻繁。在這樣的課堂氛圍中，你會情不自禁地投入到課堂之中，跟著老師的思路走下去。除了課堂上的學習，我們還可以選擇一門課外實踐活動，各個院的老師為我們提供了豐富多彩的活動供我們選擇。一個學期的實踐下來，更加加深了對知識的認識和理解，還提高了自身其他方面的一些能力，例如：報告的撰寫，與組員的溝通等等。

　　在與台灣同學的交流之中，我發現他們對課程擁有更大的選擇權，除了少數必修之外，其他都是選修。在淡江大學的校園裡你會看到豐富多彩的社團活動，各種奇怪的社團在這裡應有盡有。更有趣的是，對淡江大學的學生來說，參加社團不僅不是「不務正業」，還是他們必修學分的一部分。台灣大多數的學校非常重視學生的綜合素質，鼓勵學生參加各種各樣的活動，畢竟大學要學的不僅是知識，更要學會一些做人的道理。

　　在台灣短短的這一年裡，我看到了最美的夕陽，聽到了大海的濤聲，感受到了濃濃的人情，最重要的是我找到了人生的方向。我不再迷茫苟且地過著平凡的日子，因為我的心中有了詩與遠方。

初識

主編：黃君

曾經，一道海峽，分隔的是幾代人難以跨越的鄉愁。

如今，一道海峽，承載的是兩岸人彼此未知的好奇。

一年的探索，一年的思考，才有了每個人千餘字的記述。

在本篇章之中，大家多以自己在台灣的體驗感受為脈絡，中間穿插著生活小貼士、旅遊小攻略，更有結合本專業知識，借台灣這一他山之石，來進行大陸文創的探討研究。實是豐富多彩，各有特色。而文章的風格，更是彰顯了眾人千面的特點，或文藝、或樸實、或嚴肅、或俏皮，篇篇總是不同。

漂洋過海來看你

蔣欽文

　　2016 年 9 月，我從福州飄洋過海，來到台灣的淡江大學，開始為期一年的研修生活。

　　「我們這些和平年代的人類，生平第一次群體性大遷徙，大概就是去異地上大學。在最終完成學業前，可能還會遷徙好幾次。在這期間，我們不斷回味他鄉和故鄉，發現那些因上大學而結識的城市反而成了密密纏繞心間的記憶。「認識你自己」這個使命，可能一半由大學教育完成，另一半則由大學所在的那座城市的生活來定義」。我從幼稚園到大二，就學的地點就沒有脫離

過福州的五區八縣，雖然這帶給我對於這座城市無比的熟悉感，讓我能「遊刃有餘」地在在這裡生活學習；但是有時候還是會不自覺的想，如果在一個遠方的陌生城市學習生活，會不會發生一些特別的故事。有趣的是，大三這一年，我有機會來到台

灣研修。這裡的慢節奏生活、大部分人心中的小確幸以及結識到來自不同地方溫暖的朋友，也確實給我打開了另一扇門。

　　台灣的大部分地區沒你想像中繁華，卻給人一種「阡陌交通，雞犬相聞」的樸素和親切感，淡水就是其中之一。還記得來到淡水的第一天，大巴士載著我們行駛在淡水捷運站前的馬路上，透過車窗，看著不遠處磚紅色的建築以及眼前穿著時尚，來來往往的行人，想著自己即將在這裡展開未知的新生活，心裡的激動之情溢於言表。早就聽說，淡水最美在夕陽，真正領略過後，才懂得其中的風光與意蘊，用「美不勝收」四字來表示毫不為過。漁人碼頭的「淡水夕照」自然是大氣磅礴，不可錯過的。走在情人橋上，漫天的霞光映照在波光粼粼的河面上，停泊在岸邊的快艇也因此塗上了一層金黃的漆。聽著橋下彈唱歌手悠揚的歌聲，所有煩惱在一瞬間都煙消雲散。但是，淡水夕陽真正厲害之處，還在於它「橫看成嶺側成峰，遠近高低各不同」。你可以在捷

運上透過列車的車窗觀賞，也可以在宿舍打開窗戶眺望，或是行走在馬路上時駐足仰望……總之，在淡水的任何角落，以不同的視角欣賞，看到的夕陽都是各不相同的，但收穫的愉悅心情卻出奇的相似。感覺還沒過去多久，這學期就已接近尾聲了，淡水的豔陽高照也被終日的雨水所取代。淡水的冬天和福州一樣，下不停的小雨使得原本就濕冷的空氣更加肆虐。這時候，腦海裡就不自覺的循環著盧廣仲的「就快要愛上了淡水，除了雨下不停的冬天……」以及周董的「最美不是下雨天，而是和你一起躲過雨的屋簷……」。淡水這座慵懶的小城鎮，似乎生來就與音樂結下了「不解之緣」，也因此給它平添了幾分藝術氣息。走過淡水的大街小巷，用相機拍攝過它的晴天、陰天和雨天，發現這一切，我都喜歡。

台灣的大部分朋友比你想像中親切。雖然在來交換之前，「台灣最美的風景是人」這句話就已經耳熟能詳，但是那時候更多的把它認為是宣傳標語、旅遊口號，當真正融入到這裡的生活後，才對此有了發自內心的體悟。因為我們是一整個班一起過來研修，剛開始，大家都認為相較於其他學校單獨來台交換的同學，我們應該比較少有機會去結交新朋友，畢竟人總是更習慣於呆在自己的舒適圈中。但是事實卻並非如此，有的同學通過社團活動迅速找到了志趣相投的夥伴；有的同學，則通過通識課程結交了本地同學，組成報告小組，共同為課題奮鬥；而我呢，透過一次偶然的機會，和大陸其他院校來台交換的同學相約一起出去，慢慢的，透過不同的朋友結識到了更多的朋友。與來自不同地方，有著不

同故事的朋友相處，給我的生活帶來了許多不一樣的變化和體驗。初來乍到，新朋友們的親切和熱情，讓你不自覺的對這個地方的好感倍增。當然，在交流學習的過程中，台灣老師的和藹可親以及如朋友般的關照，也給我留下了極大的印象。台灣的老師們都比較活潑和不拘小節，在課堂上，他們總是一副「元氣滿滿」的樣子，課堂氣氛極為活躍。此外，他們中的許多都有著相關行業的從業經歷，所以除了課本理論知識的教授之外，常常會與我們分享一些工作心得和體會，以一個長輩的心態提醒和鼓勵我們這些小輩。令我最為感動的是，每個老師都有著強烈的使命感，他們會精心設計每一堂課，請業內講者也好，舉行報告 PK 也好，讓人明顯的感受到他們想讓學生有所收穫的那種迫切感。當這種迫切感撞上我們對於教育、對於教師的信賴感，就形成了一股默契的配合力，讓整個教學的過程變得無比的順利和愉快。不論是來自大陸的其他院校的朋友，還是來自台灣本地的同學，亦或是對我們悉心指導的淡大的老師，與你們相遇，都是這趟奇妙旅程中最值得銘記的風景。

對，這就是台灣，不如你想像中繁華，卻比你想像中親切。在真正來到台灣之前，我就已經通過各種管道瞭解台灣、聽說台灣；但在真正來到台灣之後，才發現，唯有真正踏上這片土地，才能對這裡的風土人情有更客觀和全面的瞭解。人的一生太短，或許真的不應該只呆在一個地方，享受著熟悉過後的便利，因為這種便利也可能是阻礙你繼續前行的障礙；或許應該嘗試在不同的城市生活，感受不同城市帶給你歡樂與悲傷，然後找到一座最

適合自己的城市，寫下與這座城市的陽春白雪和風花雪月。

我慶幸自己在活力無限的廿歲，遇上台灣，遇上淡水。這座城市，這裡的人，都讓我覺得心安與寧靜，也讓我感受到了另一種可能的生活方式，不同於在大陸，似乎每天都在為未來而激烈拼搏著。在這裡，我體會到前所未有的平靜與自由，我的內心也由此變得寬大，寧靜，愉悅。我開始更頻繁地出門旅行，由北到南，走在城市的各個角落，迫切的想要感受這裡的一切。因為從心底流露出來的喜悅和喜愛，讓我想對這裡的自然景色、風土人情有更加深入的體會。我在這個城市似乎更加瞭解了自己，接納了自己，肯定了自己。「我和這個城市之間所產生的化學反應，就發生在秒針滴滴答答的走動中，發生在一呼一吸的氣流中，發生在日夜交替的更迭中，靜默無聲卻勢不可擋。」

2017 年 1 月，我即將結束在台第一學期的行程，我開始收拾行囊，也開始收拾心情。我開始想，時間或許可以變得慢一點。

我與台灣的美好遇見

章雨西

宜蘭外澳飛行傘基地

　　也許美好的遇見常常是不期而遇，可我與台灣的遇見卻是意料之中的美好。

　　雖然說從大一開始就知道要來台灣交流一年，但還是始終對台灣，對淡江大學抱著很高的期望。還記得當時我們剛剛落地到桃園機場，真正踏入台灣土地的時候，什麼感覺也沒有，只是想要盡快連上網絡。慢慢地，隨著時間流逝，我漸漸地熟悉了淡水，

熟悉了走向學校的路途，熟悉了一條條捷運線，也熟悉了屬於這裡的獨特氣息。

　　實話實說，淡江大學的校園就是我想像中應該有的大學樣子，很大，很寬闊，有池塘，有草地，甚至還有外觀看上去就很健康的健身房、游泳池，儘管和師大一樣經常要上坡下坡。在這裡學習了半年，最多的時光在這裡度過，現在想起來，都挺充實的。

　　台灣的教學方式確實比較不一樣，老師的課堂大多很活潑，雖然依然有我不太感興趣的課程，但是看著老師生龍活虎的演繹，我還是願意放下手機的。比如星期四下午的兩節課是由萬玉鳳老師上的影視娛樂產業概論，剛開始聽就覺得應該是門有趣的課，果不其然。萬玉鳳老師是個有自己獨特風格的老師，每次上課都像來之前充滿了電一般活力四射，臉上總是掛著大大的笑容。當她沉浸於課堂內容中時，偶爾會撩一撩她一頭蓬鬆的黑髮，且講到某個需要解釋的地方會迅速變換表情和聲音，突然開始分飾兩角，彷彿置身於一個話劇現場，幽默而快速的語氣常令人笑出聲。這樣生動有趣的課堂氣氛怎會不令人印象深刻呢？

　　這裡的學習生活給我帶來的比較意外的驚喜是，每個人在學期初就可以選擇一項自己喜歡的工作去實習，雖然也有一定的運氣成分，不過我很幸運的被我的第二志願錄取。現在想來，是幸運的，真的。因為在這裡的實習真的是我學習生活中的一個快樂點，我可以和一群充滿活力的台灣學生共同見證一本漫畫雜誌的出生。雖然現在完成度還不高，但是每次我到達那個小教室和同

學們熱烈討論的時候，都興奮極了。我在這個漫畫團隊裡擔任的工作是美編，其實說實話，我並沒有非常瞭解漫畫，也不擅長編輯，純粹是抱著學習的態度前去。但是就在那麼短短的幾次交流和溝通中，我從台灣同學們的身上學習到了很多，他們的積極向上，禮貌待人，還有虛心學習的態度，甚至是源源不斷的想法，都讓我驚訝又開心，所以能和他們一起工作真的是我的榮幸。我還有幸成為唯一一個去到飛魚創意公司學習的大陸學生，飛魚的工作空間不大，看得出來是個小型的公司，但是一進去，很安靜，一切都很井然有序。每個人都坐在他應該在的位置上，全心的工作。記憶深刻的是後來教我們編輯的那個小姊姊，年紀看起來也不大，卻看得出來對編輯非常專業。由於她的耐心指導讓我對編輯有了初步的認識，及自信能完成自己的工作。我們的漫畫雜誌已經初具雛形，相信在這個元氣滿滿的團隊的共同努力下，這本雜誌一定會如期待中一樣有趣。

　　淡江大學的覺生紀念圖書館後來也成為我每個週末都去的地方。記得在來台前，父母和朋友都對我說，在台灣這麼難得的機會多去看看書。第一次到圖書館的時候，我就去了 7 樓，徘徊在書架間，捧著好不容易找到的橫排書籍，終於找到了我心儀的位子。我記得那是 7 樓 26 號書桌，靠窗，隔著窗簾可以望見對面藍白相間的天空和山巒，極其寧靜。當時我就拿著手機忍不住拍了下來，有那樣的風景伴著我看書，想想都幸福。小小的書桌給予我安全感，有檯燈，有插座，所以偶爾我還會帶著電腦來，要不是必須下去吃飯，我覺得我可以在那裡坐一天。在那裡我拜讀

我在綠島的海上石路踩水

花蓮的海景

淡江大學操場夜景

了《圍城》，也重溫了《小王子》，那一個個故事都讓我沉浸在其中，特別是小王子又一次帶給了我在異鄉依然可以體會到的溫暖。圖書館的 5 樓還有 DVD 影音資料室，我也特別喜歡偶爾去那裡看看電影。這個圖書館真的有很多貼心又方便之處，聖誕節甚至還有送小禮品活動，帶給人知識的同時也帶來一份祝福。

淡江大學的社團活動可以說是極其豐富，甚至在校園隨處可見同學們參加社團活動的身影，但是開學初我並沒有用心去研究，便錯失了很多機會。不過後來，我在同學的推薦下，參與了一個運動社團，每週的兩次運動帶給我很大的收穫。運動，果然是可以令人拋棄煩惱，建立自信的。社團裡的老師都非常專業，也很具活力，教授的同時一定會給予我們鼓勵。在健身的一個小時裡，我常常能體會，到運

動不僅可以瘦身，還可以令人獲得更多的信心和正能量。

　　自然，台灣帶給我的收穫絕不僅僅限於學校，台北的繁華、宜蘭的清新、花蓮的廣闊、台中的古樸，細細想來，我的足跡竟也遍佈了台灣的許多地方。課餘時間，對台灣各地的探索與發現尤其令我印象深刻。不論是短距離的小兜風，還是稍長距離的旅遊，也都讓我對台灣更加瞭解。由於捷運的方便，我常常會搭乘捷運到台北，去看看西門町、101大樓、貓空等等，它們有的熱鬧非凡，有的壯觀雄偉，有的寧靜和諧。與夥伴搭乘火車南下的旅途也格外不一樣，在宜蘭，我們與幾米一起合影，到礁溪享受溫泉的洗禮，甚至還在KTV唱了三個小時的歌。不過，最讓我難以忘懷的還是在外澳飛行傘基地的滑翔傘體驗，我一向很喜歡極限運動，那種高度和速度帶來的刺激是非常令我激動的。但是，我覺得那裡的滑翔傘還是不夠刺激，因此我便持續嚮往著令我感到興奮的新鮮事物出現。比如，日常生活裡我對於美食的探索便是永無止境的，台灣的小吃種類之多、口味之獨特是遠近聞名，我經常會無意中挖掘到新的天地，當然有些是習以為常但出乎意料的，比如雞排。剛開始還不熟悉這裡的時候，我總覺得只有肉最好吃。因為這裡的雞排總是香脆酥嫩，而且大得很，讓人可以一飽口福。但是吃多了好像也不利於我的健康，所以在這之後我就開始尋覓宿舍附近的其他美食。因此逐漸發現了好多合我胃口的食品，比如Q軟彈牙的芋圓、香飄萬里的咖哩飯、各式色各樣的滷味、搭配得當、口感甚佳的自助餐，還有最適合冬天吃的小火鍋，這麼多美食聚集的台灣，使得我不得不多加鍛煉，才能在

這裡不斷地體會「吃」的美妙之處。

　　曾讀過一句話：旅行的意義，不在於見識世界，而在於瞭解生活，體味人情。一個城市，也許景點看久了，會厭倦、會習以為常，而真正讓這個地方擁有久遠魅力的，便是人。很早之前就聽說台灣人友善禮貌、熱情待人，來到這裡才真正體會到台灣人的獨特之處。身處於淡水，耳邊是無處不在的「謝謝」，感受到的是無處不在的問候和關心。比如，宿舍對面麵包店的老闆娘，第一次去只是因為看到她們家麵包價格出奇的便宜。但是沒想到老闆娘特別和藹可親，溫柔的「謝謝」不絕於耳，每次去她都微笑地看著我，那種眼神是真實的誠意和友好，令我感動不已。之後我便常常光顧，還記得有天晚上我在門口結完賬後，她還笑著對我說：「接下來會越來越冷，要多穿點哦！」真的，聽到這句話，我怎麼也感覺不到涼意了。這裡的人情味實在很淳樸，很濃厚，不論是路上的陌生人，還是店家的老闆，便利店的服務員，台灣的老師和同學們，大多對我關照有加，令我倍感溫暖，使得我也想要以同等的關心來給予他們感動。

　　遇見台灣，與台灣「相識」已經將近半年了，總體上的感受都是新鮮而美好的。不論是學習、活動、旅行，還是日常的食衣住行，這麼多快樂的體會歸根結底都是來自於這裡的人，只有人溫暖了，整個環境才會顯得如此可愛吧。如今聖誕節的氣氛裝點著整個淡江大學，每個晚上當這些星光點點圍繞在我身邊時，我看到的不僅是校園的溫馨，更是台灣，淡水，如此鮮明地點亮了我的大學生活。

平凡之路

朱思奇

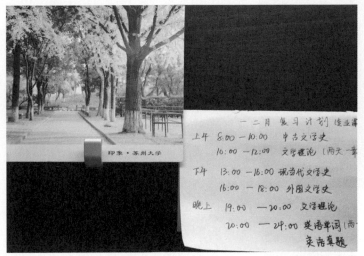

考研計畫表

當飛機遮光板打開，窗外露出與家中截然不同的低矮房屋時，我終於意識到：我來了，台灣。

前往機場的途中，耳機裡循環到《平凡之路》，有一句突然撞到了心裡——「直到看見平凡，才是唯一的答案」。鬼使神差地，我將那句截屏下來，發了 2016 年最後一條在大陸的動態。

成長了 19 年的人生，對世間道理多少有些瞭解。這句話是我冥冥之中，留給自己大三一年的解答。

一語成讖。

支付寶聖誕樹

一腳溫帶一腳熱帶

不識廬山真面目

　　《圍城》裡曾說「牆裡的人想出去，牆外的人想進來」。我成長於大陸，19 年不曾離開，我也曾如眾多年輕人一般，在輿論中迷惘掙扎，豔羨其他的生活、文化想要翻出牆圍看外面的世界，尋求創新和改變。但當我變成圍城外的人時，我卻刻骨銘心地想念圍城裡的生活。我甚至發現，我離開了過去的圍城，不過進入了一個新的圍城而已。這時，我才開始從另一個角度去觸摸我的家鄉，認真地去愛她。

　　時間過去了四個月，我終於從低落中走出，漸漸習慣，卻難真正的融入。習慣和融入終究無法等同，只是我們要不斷成長，生活也還是要繼續。

　　前往台灣之前，我曾瞭解過一些情況。台灣的製造業在 90 年代大多轉移出去，如今日用品依賴進口，因而價格偏貴。我帶來了被子、網線、轉換插頭、文具等，以節省花銷。但生活成本依然很高，人民幣 2,000 元在這裡不能滿足一個月的飲食，僅僅是飲食。台灣人收入水準較高，據瞭解，台灣大學畢業

生的最低工資水準在 32,000 台幣左右，折合人民幣可達 6,000 元，這是生活在三四線城市的大陸學生無法企及的水準。但高水準的收入建立在昂貴的物價和生活成本的基礎上，一輛電動車在此高達 10 萬台幣，折合人民幣 2 萬元，幾乎是大陸價格的 10 倍。至於娛樂消費例如，電影和 KTV（按個人而非包廂收費）也都較大陸貴出許多。不過這裡也有一些值得購買的產品，例如大型連鎖店或專櫃的護膚和化妝品，價格尚可，品質過關。夜市中的小吃也很值得去品嚐，比起平日裡的一日三餐，台灣小吃更可口，種類也更豐富。

三更燈火五更雞

來台灣是為了研修和學習。大三是一個關鍵節點，因為要決定畢業後何去何從。我很喜歡文史，故而很早決定要跨考古代文學研究生。但人在台灣，獲得大陸的資源是件棘手的事。國際航班行李托運限重，淡大圖庫中又未必有我需要的書籍（後來證明確實沒有）。為了避免這些風險，我提前備份書籍的電子檔，來到台灣之後就託父母郵寄書籍。東拼西湊下，我終於集齊了資源，每天抽出時間自習，這樣的生活有些單調，但是沉浸在學習中讓我忘卻了煩悶，獲得了慰藉。

淡大的老師們無論在學習還是生活上都很照顧我們。我也找到了很多台灣的大學和大陸的不同點。首先，在師資上，我所遇到的台灣老師都有一個共同特點──他們大多不是縱向發展的專門人才，而是跨領域的橫向綜合人才。他們的言行表現出他們豐富

的經歷和多元的學識。其次，台灣在教育制度上講求尊師重道，老師擁有很大自主性。這實際上有利有弊。利在老師們可以自由帶領學生研究課題，外出遊玩，但無論是我和同學，還是在另一所學校研修的姊姊，也都感受到了少數老師非常鮮明、個人化的風格和觀點。

台灣學校多配備影印室，學生可以免費列印材料。同時，台灣的學校很注重產學合作和實用性。例如淡大就講求互幫互助——畢業校友為在校學生提供就業幫助，學校協助畢業校友進行業務宣傳。淡大的商管學院甚至可謂是一個小型商場，讓學生將知識迅速轉化成實戰經驗。哪怕是文學院，研究方向也更偏重實用，不甚重主流思想和文學史的學習，而偏於研究有趣的其他方面和微小的細節。

行樂直須年少

台南孔子廟（最早文廟）

來台灣研修，自然少不了到處走走看看。在 101 看跨年煙火，在墾丁吹著海風欣賞夕陽，在綠島潛入深海一探究竟，在宜蘭乘坐滑翔機飛翔……除了平日的閒暇時間，還有很多假期可以利用。如果說中秋等節日三、四天的假期只能去台北附近的地方走走轉轉，那麼春季學期 7 天的春假，就可以進行一次環島旅行。台北是時尚之都和國際化的大都會，在這裡可與世界接軌；台中則是

過去人口最集中的地區，這裡小吃集中且正宗；台南則保留了更多的原生特色，風土人情最為純樸。

　　過去，在大陸授課的台灣老師就告訴我們，台灣最美的風景是人。台灣的確是一個講求禮儀文明的地方，他們的教育、法律法規無時無刻不在提醒民眾遵守文明禮儀。在台灣，與人打交道最常聽和說的是「謝謝」，公交和捷運都貼著嚴禁飲食的字樣，扶手電梯上人們會自覺地站在右側，把左側留給需要快速通行的人。垃圾分類要求更是嚴格，未分類和將生活垃圾丟到公共場合會受到處罰。節約紙張、保護森林等公益廣告更是比比皆是。嚴格的法律和道德要求形成了一種秩序井然的社會氛圍，也讓大量廢舊資源得到了合理的再利用。

台南孔子廟

兩朵隔牆花

在台灣遇到了很多和善的人，但也會聽到很多人因為不瞭解大陸而產生的誤會。電視上也常出現台灣部分媒體對於大陸的誤導報道，這使許多人對大陸的瞭解仍停留在媒體的片面描述上。即使有志前往大陸的台灣年輕創業者，對大陸的印象也多只在於認為大陸人口眾多、市場龐大。而我家中親戚長輩，知道我來台灣後，更總為我提心吊膽。這一切問題，歸根結底是因為彼此不瞭解，又互相帶著有色眼光去評判對方。

世界都是平凡的，有發展就會有尚不完善的種種問題，每一個角落都是如此。科技雖使世界變成地球村落，讓人們看似相互聯結，實際上卻是一個個獨立的孤島。人們選擇性閱讀和接受符合自己想像的資訊，就會導致誤會叢生。而解決矛盾的鎖鑰，就是溝通。親身體會，使彼此之間資訊更為開放，看到彼此真實的一面，才能消弭偏見。

第一次見到寄居蟹

異鄉 20 歲生日

台灣生活

李婉婕

　　來台灣四個多月了，剛來那陣子面對新環境的期待愉悅還歷歷在目，一邊發現新事物，一邊逐步融入當地人的生活。在一個環境經由陌生到熟悉的過程，它就變成你的一部分。感謝研修帶給我不一樣的生活體驗。

　　淡水給人的印象，是一個溫暖安靜的小鎮。各色矮平房延伸遍佈淡水河岸的一邊，與對面的觀音山隔水相望。開學初和學校的登山社上過一次觀音山，那天陽光特別好，登上山頂看著淡水河過渡到大海，和天空三種藍連結在一起，美得讓人忘記熙攘塵世。

台中東海大學

彰化明道大學

台北淡江大學

在台灣這樣適合騎單車的地方，多地建有完整而特色的自行車道，淡水的自行車道沿著捷運線分佈在淡水河邊，白天欣賞自然風光，晚上享受燈火夜景。我在夏天的晚上好幾次從淡水騎 Ubike 到關渡大橋享受著那種迎面而來的風帶來的速度與自由感。記得有一次一個朋友想去這條路夜跑，但一個女生這麼晚有點危險，我決定騎自行車陪她。於是那天晚上，我們先到捷運站，剛好捷運站在淡水老街旁邊，看到美食無法自拔的我，告訴她：「你先跑，我一會追你。」結果，在我吃了炸蝦和芋圓之後，全速追擊，一路都沒有看到人......最後快到關渡大橋的時候，終於看見一個熟悉女孩的背影......後來這個女孩對我說：「你覺不覺得我們很像龜兔賽跑，你就是那隻兔子......」

台灣人很喜歡甜食，所以台

灣有很多賣仙草芋圓的小店，平價又美味。我自己特別喜歡喝紅豆湯加湯圓（怎麼會有如此奇妙的組合），實心的白色紅色小湯圓，配上熱騰騰的紅豆湯，冬天又暖又甜。第二名是珍珠奶茶，（台灣人好喜歡簡稱噢，珍珠奶茶叫珍奶，永和豆漿叫永豆）特色在於珍珠很 Q 很軟很好吃，奶茶會比大陸的甜很多。（甜度的排列也不一樣，無糖、微糖、半糖、少糖、正常，半糖應該差不多適合大陸人的口味，怕胖的可以點微糖）

在台灣感受最深刻的，是這裡濃厚的人情味。我經常光顧宿舍附近一家的早餐店，記得第一次剛進門的時候就有阿姨笑著對我說：「妹妹早安」，當時心裡超級溫暖，所以後來每次去也都會跟他們說早安。我很喜歡喝那裡的薏仁漿，因為是低溫保存，所以每次都吃完早餐後再外帶等常溫了再喝，有一次隨口跟阿姨說了這個原因，之後她都會記得幫我裝好。有時候阿姨還會塞吃的到我手裡，天冷的時候看我穿得單薄會皺著眉頭問我怎麼不多穿一點。

記得來台灣的第一天，和舍友去家樂福超市買生活用品，當時人很多，推手推車的也很多，大家經常不小心碰來碰去，我整個人完完全全被周圍人的禮貌嚇到，「不好意思」、「對不起」、「謝謝哦」、「不會」，而且聲音相當溫柔。也許是逐漸融入了環境，再後來去的幾次再沒有這種衝擊感。

台灣有個訂民宿的網站叫 Airbnb，最早建立的初衷是房東和房客住在一起，（現在很多都只是同一棟或同一層概念的住一起）

增進人與人之間的交流。11 月份和朋友去宜蘭進行了兩天的短途旅行，正好訂到真正意義上的民宿。房東阿姨的女兒出國唸書，家裡房間空出來，女兒就想說租給來來往往的遊客，可以陪獨自在家的媽媽說說話。本著人性本善的信任，我們就真的住進了阿姨家，聽她說她看過的故事，吃她親自做的早餐，人與人之間的距離其實可以很近。

淡江大學社團眾多，課餘活動豐富，我加了三個社團，跟台灣學生接觸比較多的是登山社和鋼琴社，這兩個社團氣場不一樣，氛圍也很不一樣。本來參加登山社只是抱著大家一起去郊遊的心態參加的，結果第一次去了之後才發現走的基本都是沒開發過的原始土路，有的地方竟然要手腳並用才上的去。一個學期下來，膽子和抗困難能力增加不少，也交到不少好朋友。跟台灣男生吃飯，他們蠻注重不浪費這件事，一點不介意地把女生剩下的食物吃完。可能因為先熟悉了登山社，再去鋼琴社的時候覺得反差好大，男生女生說話都很溫柔，特別喜歡那裡的女孩子，活潑愛笑，跟她們待一起自己講話也會變甜。

到一個新的環境，周圍充滿未知與驚喜，人會變得積極，想要體驗更多，感謝台灣給予我的一切，也感謝每個經過的人，或多或少帶給我的生活不一樣的東西。

從覺生圖書館遠望觀音山

大三那年—不見了曾經的我

申煜

　　回憶起為何大三會在台灣的大學學習，時光就要轉到三年前高考填志願的煎熬期，落點成績出來的學校和科系，每一個我都花了時間去網站參考課程與發展。看到福建師範大學閩台班，參考學長和家長的一些想法後，我便毫不猶豫的將文化產業放在了我的第一志願，因為我對台灣有嚮往之心。

　　台灣大嗎？這個 3.6 萬平方公里，2,000 多萬人口，被稱「福爾摩沙」的形似芭蕉扇的美麗小島，和祖國大陸一衣帶水，遙相守望。台灣小嗎？這個濃縮了令人讚歎的、豐富的自然資源，聚居著同宗同祖的中國人的神奇小島，擁有別樣的精神文化，耀目榮光。一杯咖啡一本書，在多雨多霧多夢想的淡水老城，你可以慵懶一個悠閒的下午；饒富趣味的巷弄美食，和各色地道小吃，被挑逗的味蕾是如此的幸福；在誠品翻翻書，愜意地看看人來人往，透過書籍的是對信仰的頓悟。峰巒疊嶂日月潭，叢林絕美阿里山，沒有霓虹燈的鹿港小鎮啊，默默注視著期望邂逅浪漫的愛河；晚風輕拂澎湖灣，白浪逐沙灘，冬季到台北來看雨，是否還可以和你一起漫步忠孝東路呢？從未謀面，卻如此熟悉的地方啊！遇見你，是最美麗的期待。

　　說到台灣人的熱情，我想這是到過台灣，特別是和當地人有較多接觸的大陸人一致的體會，每次出遠門總會遇到熱情的為你

93

高雄之眼

元宵燈會一刺青客

宜蘭上空的夢

指點迷津的路人。我有一次騎車抵達一個小鎮無處歇腳，一位素不相識的老人卻給了我很大幫助。在你的口音表現出你是大陸人，他們眼中沒有陌生，反而有更多與你聊天的興趣。

　　如果我離開台灣，我一定會懷念他的，懷念我們的朋友。雖然因為兩岸的交流還未日常化，剛開始我們彼此間都有一些誤解甚至偏見，還在和一位台灣學生聊天的過程中鬧過不少笑話。但很快，相似的年齡、經歷和文化背景，使我與許多台灣同學成為了好友，並深切感受了他們的真誠和熱情。「自由與行動」這門課上，我曾與數位台灣同學結伴騎自行車漫遊北台灣兩天一夜，一路上雖條件艱苦大家卻歡聲笑語不斷，相互鼓勵打氣，談人生聊理想，在和煦的秋陽下定格了一張張燦爛的笑臉；一位台灣同學總是很熱情地為我推薦如何使用學校資源、帶我們去台北 101 的

跨年晚會，還向我們推薦了一家很「小眾」但味道極佳的西餐店。凡此總總，不一而足，我到現在還常常想念他們，雖不能經常聯繫，卻常也在聊天時邀請他們來大陸做客；雖然到台灣研修僅有一年的時間，但其給我的回憶及影響卻是一輩子難以忘懷且歷歷在目的；雖然早有耳聞，但真正到了台灣才知道有多美。

因此，在這裡也鼓勵大家多看看世界，多向外走走，這會讓自己的人生觀及世界觀有所改變，也會讓求學生涯留下極深刻的美好回憶。

學校所在的淡水像是台北的衛星城，而台北就是我探索的天堂。大概沒有幾個人會想到，台北的幾乎每一條街道，無論大街小巷，都是按大陸的省份和城市命名，而且街道所處方位也基本與實際地理方位吻合：敦煌街、重慶路、貴陽路……一個個熟悉的名字引人無限遐想。我初到台北時也頗感驚訝和親切，直到讀了龍應台的《大江大海一九四九》，箇中緣由才恍然大悟。而在台灣那些國立大學名字上，清華大學、交通大學、暨南大學等等，是不是同樣似曾相識呢？兩岸，實在有著割不斷的聯繫。

說起我在這兒最大的收穫還是對自己有了更深層的理解，我想看看自己能有多少意志力、多少潛力去突破自己的禁錮，於是我便加入了健身的行列。高三畢業後我曾有過一段時間的努力，雖然後來放棄了，但我對健身的熱情卻沒有消散。而在台灣後又重回健身老路還是有些原因的，台灣的小吃太多了，剛入台後管不住嘴，見到好吃的就往嘴裡塞，一個胖子加上美食等於死胖子

呀。這裡健身房遍地，人們運動熱情高漲，沒有大陸大媽是快節奏的氛圍後終於感覺到自己的年輕了。而自己的腰肌勞損一直沒好，又想想現在才 20 多歲，想到 40 歲時邁著顫巍巍的步伐向前走路時都害怕，我還年輕，心未老。

　　這半年來，我看到太多的人來健身房，晃悠了幾天，從此再也不見蹤影，想想也是可惜。所以當你確定要去健身房的時候，你要想清楚你要的到底是什麼？對於我來說，我想要的是提升身體素質，第二當然是有個好身材。對於一開始沒進過健身房，甚至很少運動的人來說，要把健身當做習慣堅持下來真的很難，所以在你進入健身房的前 3 個月，應該是以培養興趣為主的。在前 3 個月，我對自己沒有太多的要求：每週去 3 次健身房，每次堅持 1 小時，注意是真正鍛煉的 1 小時。為了排除手機對我的干擾，我有意把手機放在衣櫃裡面。因為，我知道，我也看到很多人，到了健身房可能做一組練習，要玩 10 分鐘手機……是的，即便這樣你也有想放棄的時候，你會給自己找很多理由，比如今天工作太累了，比如放學太晚了，但是你要回想起你當初為什麼走進健身房。我也要有好身材，所以平時在 Facebook 瀏覽的時候，也會看到一些讓人歎為觀止的身材照，一些大神的動作圖，這個完全是用來激勵自己的，告訴自己要跟他們一樣，你必須堅持，當你在計畫訓練日，不想去健身房的時候，不妨拿出來看一看。大陸的諮詢足夠了，城市更多的健身房也悄然遍佈各地，但人們的運動心態和熱情卻遠遠遜於台灣，而最最主要能讓我愛上健身原因當然是這裡的「好肌友」們，和他們亦師亦友的關係，彼此互

幫互助突破曾經的自己。而當你走過前三個月的時候，你會發現，健身真的已經成為你生活的一部分，幾天不去你就會感覺不舒服了。

健身的過程中，我也跟很多人交流，聽到太多的就是，我半年要練成啥樣，我一個月要減肥多少斤，往往是這些人沒有走太遠。因為太高的不切實際的目標也許會讓我們失去健身的樂趣，當你還沒有享受健身過程中時，你就會失去興趣了。

我經常告訴自己羅馬不是一天建成的，雄心的一半是耐心，也許你需要的只是時間的積澱，一年後、二年後、三年後⋯⋯你會越來越喜歡自己。這半年來，我明白的道理是每一滴汗水都會看到回報。

研修，一般能給人帶來各項能力的提升，但我認為要視個人的努力程度而有所不同。所以即使不研修，透過當地的社會文化去感受與體會，才是研修的意義所在，同時這也是我最大的收穫。文化若不親身體驗，沒有置身在不同的地區生活過，與當地人交流過，是無法真切體會的。

那年小記

何雨帆

相隔兩岸，卻抬頭如昨

來到這裡將近四個多月，時間如白駒過隙，可是我依舊清晰地記得 9 月 11 號那日提著兩個重重的行李箱和一大群同學踏上了這個島的情形。那時候的心情有點小小的期待，還有一絲小小的緊張。看著陌生的街道，耳邊充斥著台灣腔的對話，我站在學園的馬路對面，抬頭看了看這座在肯德基上面高高的建築，仰頭瞭望天空。天很藍，陽光刺得我睜不開眼，心裡想的是：嗯，這天氣和福州一樣熱，有肯德基的話，吃飯應該很方便。

人的適應能力真的隨時在變化，我本以為我是個極難融入和適應一個新環境的人，起碼在來台灣之前我是這麼想的。記得剛從浙江跑到福建上大學的時候，我時不時要回家，只要一逮著機會，哪怕就只有兩三天的假期，也寧願麻煩地來回坐六個多小時的動車跑回家，以至於被朋友封了個「回家狂魔」的稱號。因為有了這樣的自知之明，我對自己要如何習慣這裡的生活很是擔憂。而如今，我抬頭看天，天空依舊很藍，即使是到了 12 月份的冬天，溫度還是很高，冷一下又回溫，到了中午依舊可以到達 25 度以上，像極了動不動就鬧脾氣的小孩子。這時的天空貌似和那日沒什麼差別，卻又好像變了很多。我驚喜地發現自己竟適應的很好，無

論是這濕冷的天氣，還是飲食的口味，或許也因為我本就是南方人，所以並未差太多。

而最初很慶幸的肯德基在第一天上課的早上吃了早餐之外，我就再也沒有去過了。原來附近有很多飲食店，相比油炸速食式的食物，我更傾向於健康的蔬菜米飯。在挖掘嘗試了四周的餐館後，我也漸漸適應了台灣的美食。

這樣一想，很多時候在潛移默化中，我們就自然而然接受了不一樣的生活卻不甚自知，可是回頭看看，才發現原來自己已經走了那麼多路，可是就好像發生在昨天一樣，而現在依舊會這樣走下去……

像是貼著各式標籤的巧克力

《阿甘正傳》裡面有一句話我很喜歡，生活就像一盒巧克力，你永遠不知道你會得到什麼。而我們的人生也在不斷前進的過程中，遇到形形色色的人和事，每一次撕開包裝袋，得到的就是不一樣的巧克力，充滿著期待和不安。或許包裝美麗誘人，裡頭卻是壞的，或許外表並不起眼，味道卻是出奇的不錯。

來到台灣後有遇見驚喜和愉悅，也有辛苦和手足無措，任何事情都存在著光明和黑暗。大多時候，我遇到的都是親切熱情的人，他們會很耐心地解答你的疑惑，給予你微笑和幫助。我可以很明顯地感受到這裡的禮貌和友善，時常充斥在耳邊的「謝謝」，以致於現在自身也養成道謝的習慣。對別人溫柔，也會被別人溫

九份

文創園區

台北動物園的猴子

柔相待，這是人心最深處的柔軟。

　　我們學園的馬路對面，有一家麵包店，它沒有現代化西點蛋糕的裝修風格，只是一處不大不小的空間，做好的麵包就那樣簡簡單單地擺放在店鋪的中間，沒有過多的裝飾。我經常晚上上完課，在回宿舍的路上會去買兩個麵包當做第二天的早餐，價格也是出乎意料的良心，兩個麵包只要台幣 26 元。最讓我印象深刻的是那家店鋪的老闆，是一位中年婦女，面上時常帶著笑，會在你遞給她麵包的時候鞠躬道謝，用糯糯的溫柔的聲音與你道別，讓你在寒冷的冬日夜晚可以感受到他鄉一絲深入人心的溫暖，那時候，會有一種也想要這樣溫柔對待世界的想法。那種想法會像攀爬的藤蔓從一個人附上另一個人，將那些陰暗的負面情緒全數化解。

　　台灣的美景也擁有治癒人心的力量。週末或者假期的時候，我總喜歡挑選個天氣大好的日子，帶上

相機出去轉轉，無論是附近淡水的夕陽還是台南的大海，都有著不一樣的美麗。住在南方沿海的我，本以為對於海並不會有太大的熱情和期待，畢竟從小吃著最新鮮的海鮮，經常踩著細軟的沙子，聞著發鹹的海風，這一切似乎習以為常。但是台灣的海卻給了我另一種感歎，這邊的海水藍的不可思議，顏色純正的像是上好的寶石，而且不似沙灘，這邊大多是由大小不一的鵝卵石或者小石塊堆砌鋪陳而成，所以也造就了沒有被渾濁所污染的海水。

在台灣的這段時間，我撕開了很多各異的巧克力包裝，有過期待，也有過失望，可是我依舊被這裡時常出現的人情所治癒，還有一些小小的細節所溫暖。

習慣之後就是成長

天氣漸漸冷起來後，一旦午睡，我都會一直到日落天黑才會醒來。以前還在大陸的大學時，每當這個時候睡醒，都會一陣恍惚，從陽光燦爛的午後到安靜昏暗的過渡都讓我有一種時間不知走了多久，我不知身在何處不知今夕何夕的錯覺，然後都會花上好一會去適應這種突然醒來發懵的狀態。這一直都是我最不喜歡的時候，感覺全世界的安全感都消失了，那個時候總是會莫名其妙地難過，會想家，會想著在自己的房間醒來推開門的瞬間，看到暖黃色的燈光下，爸爸穿著圍裙然後轉過身來對我說：可以過來吃飯了！那個時候，我就覺得以後每次睡到昏天暗地，醒來的第一眼就能看到愛的人一直在自己身邊，沒有離開，就是我最想要的幸福。

然後現在，即使我一個人在台灣的宿舍裡，裹著夕陽睡去再到掀開黑暗醒來，打開桌上的燈，打開電腦開著聲音，我都沒有任何感覺，我沒有不安，沒有失落，沒有感到孤獨，餓了就一個人提著錢包去買吃的，累了就睡，悶了就抱著一大包零食對著電腦哈哈哈地大笑，我最怕的情緒沒有來。

好像人本就該去習慣這些，去適應曾經可能不敢去適應的東西，然後就是新的成長和成熟。

碎碎念 一

來到台灣很方便的就是買各種開架彩妝和日系妝品了，簡直是女孩子的福利啊！走幾步路就有屈臣氏或者康是美，還有日藥本舖，即使沒有想要預購的產品，但就是想要進去逛逛，然後因為女孩子的天性，總是會在出來的時候抱著一大堆東西，分分鐘剁手。而且除了各種妝品和護膚品，還有日常用品、藥品食品、等等，方便得我都很少去超市了。

還有值得一提的就是台灣到處可見的全家和 7-11 便利商店，簡直是懶人的福星，即使錯過了飯點也不用擔心沒有飯吃。記得有一次午睡醒來的時候，發現已經兩3點了，從宿舍出來準備覓食，發現周圍的全部餐飲店都關門了，最後還是去了便利店。

也許是在大陸養成了上網購物的習慣，所以到了台灣後沒有了淘寶，一度非常想念。有時候想買什麼，就只能從淘寶台灣集運通道過來，等待的時間就有點久，運費也增加了。

碎碎念 二

台灣給人印象很深刻的一點是捷運的乘坐扶手電梯時，人們都會很自覺地靠右站立，並且主動排著隊上去，而左邊空著讓那些趕時間的人可以快速走上去、而不用被緩慢上升電梯的速度所困擾。

台灣大多數人都比較有禮貌，也許是台灣腔調的原因，女孩子說起話來都很溫柔。除了打開了新穎的生活之外，研修的學習生活也更加的豐富多彩，不管是講師還是社團都讓人受益匪淺。在淡江大學有遇到很好的老師，上課方式和內容都很有趣，感覺能學到很多真正有用的東西。總的來說，在台灣的這一學期，收穫滿滿！

遇見台灣

張詩雅

　　當初選擇這個專業的時候就十分期待大三在台灣的一年學習生活，在這一刻馬上來臨時還是有些擔心的。臨行前，不斷的瞭解台灣的資訊，向學長學姊詢問需要帶什麼，有什麼要注意的；在網上不斷搜尋各式攻略，以及交通訊息、氣候情況等等。查看了各種攻略後，台灣的形象變得生動豐滿，我也一直在心中描繪著淡江大學的樣貌，行李不斷增加卻總覺得缺了什麼。隨著9月份的逼近，開始對離開產生了恐懼，捨不得長時間離開父母，在這種既期待又不捨的心情中，終於到了離開之日。

　　離開的這天大概是終身難忘的。天還沒亮的時候便已起床，大家紛紛拖著沉重的箱子聚集於大廳。大家臉上帶著疲憊，卻也

難掩對接下來的台灣行的期待。在磅礴大雨中，我們艱難地將行李放入大巴。坐在大巴上，看著窗外雨幕中的城市，我清晰地認識到：我們要離開了。

登上飛機後，看著窗外湛藍的天，潔白的雲，感受著飛機的起降，在一片豔陽天中抵達機場，我們的台灣求學之旅正式拉開序幕。

剛剛抵達淡水的時候，對什麼都好奇。由於不瞭解，常常不知道可以去哪裡購買自己需要的東西。幸好淡江大學的老師和同學都很熱情，給予了我們許多幫助。隨著初至的熱情逐步緩和，我們也開始習慣這座城市，習慣這裡的生活，躁動的心逐步安定，融入了這座城。

在淡江大學的學習生活跟以往在師大的學習生活有較大的差別。這裡有更為活潑的教學氛圍，老師們也都十分風趣幽默，教授知識的方式也不僅限於課堂教學。淡江大學經常會舉辦各式各樣的活動，讓學生能以更多樣的形式去接觸各式各樣的知識，讓學生的課餘生活更為豐富多彩。我也在老師的帶領下參加了多次校外教學活動，其中的故宮行讓我有了不少感觸。

很久以前就聽說過台北故宮非常有趣，本想自己前去，但是很幸運地有機會能夠在老師的帶領下前去參訪，收穫頗豐。跟北京故宮一樣，台北故宮名氣極高，吸引了大量慕名而來的游客。故宮提供了自助導覽機，可由此來瞭解每一件展品背後的故事，解說詞十分生動形象，不會枯燥無味。雖然同北京故宮相比，展

離開福州的磅礴大雨

花蓮七星潭的日出

花蓮太魯閣的長春橋

宜蘭吉米公園

館面積和展品數量上稍為遜色，但是每件展品配合著燈光、佈景，塑造出整體文化氛圍。每個展館都有著自己的主題風格，藉由館內的燈光照射、佈景、色調、展櫃花紋等細節來烘托氛圍。同時台北故宮還提供了大量互動活動，讓參觀者能夠以親身接觸的方式來加強對文化的理解，不僅充滿趣味，還能夠很好的緩解遊客長時間觀覽展品的疲憊。而極其出名的台北故宮周邊產品也確實非常有趣，無論是「朕知道了」紙膠帶、還是翠玉白菜的明信片，都兼具了趣味性、文化性和實用性。台北故宮有專門的團隊打造、設計周邊產品，同時還開放授權讓企業進行比賽，與企業的合作使得故宮的產品更為多樣化，在擴大影響力的同時也增加了收入。由故宮提供平台，以文物本身作為載體，兩者相結合從而吸引遊客，為遊客提供服務，這種文創思維是值得我們思考、學習的。

　　來了台灣，除了認真讀書，到處走訪學習也是極為必要的。到各地遊玩，品嚐各種當地美食，與不同地方的人交流，也是不斷學習的過程。我和同學利用節假日跑了不少地方，其中宜蘭花蓮行讓人印象深刻。

　　出行前同學們分工共同策劃這次旅行，雖然研究訂票、制定行程、預定住宿等過程都較為複雜，但是整個旅程都是充滿歡聲笑語的。走進宜蘭的幾米公園，就彷彿真的進入了幾米的繪本世界中。

　　花蓮市是一個配套設施十分完善的城市，擁有數量眾多且風格各異的民宿，交通便利。民宿老闆十分熱情，主動為我們介紹了當地的特色景點和美食。這裡的民宿同旅行社建立了良好的合作關係，為自由行的遊客提供了便捷的拼車服務，既為遊客提供了便利，也為旅行社增加了顧客，兩者獲得了雙贏，這是一種值得學習的合作模式。散客選擇拼車後，由旅行社統一派大巴接送，一路上司機會提供大致的景點、當地風俗介紹，雖然每個景點也有時間限制，但是並不會像旅行團一般行程過度緊湊，整體還是能夠十分悠閒地享受旅程。無論是清水斷崖的碧海藍天，還是太魯閣的險峻崖壁，都讓人留下了美好的回憶。

　　花蓮的七星潭是一個我留下了無數回憶的地方，無論是初達時天邊的彩虹，還是等待日出時的繁星，都成為我生命中難以忘卻的美景。當我踩著圓潤的鵝卵石，潔白的浪花撫過我的腳踝，看著空中清晰、絢麗的彩虹，喜悅之情沖淡了遊玩一天的疲憊。

花蓮包心粉圓

當我騎著自行車，在天還未亮的路上，迎著微涼的夜風，早起的睏頓已被興奮沖散。當我坐在鵝卵石灘上，在滿天繁星下，聽潮起潮落，此刻，心靈彷彿得到了洗滌。而最終看到朝陽初升之時，心中也是感慨萬千。

　　這半年來的學習生活帶給我們不僅僅是快樂，還有閱歷、學識、能力上的增長。淡江大學的教學更為注重于學生實踐能力的提升，故而在考核上更為注重實踐而非理論背誦。大量的小組報告，讓我們在忙碌的同時也在不斷提升自我。團隊合作時雖然會有矛盾產生，但是在磨合之後同樣也能夠擦出不一樣的火花。在大量形式、主題不同的報告下，我們都有了不同程度的成長，在演講能力、簡報製作技巧、視訊短片等方面都有了進步。通過不同老師的教授，我學會了以更為開闊、全面的思維方式去思考問題。同時，跟以往主要藉由書本、網路來獲取相關訊息的方式相比，這學期我學會了通過實地探訪來獲取更多資料，能夠巧妙地運用所學知識去分析問題，看到一些問題背後的因素。

　　在台灣的這半年，我學到了許多，不僅僅是知識，同時還有很多關於人生的啟迪。現在回想起當初對於來台灣的擔憂，覺得頗為多餘。我總是在慶幸當初選擇了這個專業，讓我能夠有機會去接觸更多不同的視野，也非常感謝學校和父母的支持，使得我能夠擁有這樣獨一無二的經歷。我也會好好珍惜這段經歷，並在接下來的生活中時刻謹記著我在這裡所學的一切。

年終閒扯

杜 翔

「舊曆的年底畢竟最像年底」，來台幾月，又到了一年的年底，恍如隔世。

王小峰說，「如果說台北城市細節是成熟少女的胸，那麼大陸的城市細節就是矽膠。」感覺台北城市有些破舊，甚至還有衰敗跡象，但它真實、可愛、自然，不那麼矯情。

民以食為天，台北是美食的天堂。街頭巷尾，各色當地小吃玲琅滿目，引得遊人流連忘返。由於地處東亞與東南亞的交接地帶，台灣有數量眾多的韓日料理和西餐廳，是一個中西美食交匯的地方。走在台北街頭，享受著各色美食彙聚一地的快樂，是我們這群吃貨最大的收穫。

台灣的餐館有一個特點─顧客自己回收餐具。以我們的慣性思維來看，這種做法雖然增加了顧客的勞動，降低了服務品質，但可以有效減少餐廳服務人員的數量，在勞動價格不斷上升的今天降低人力資源成本。此外，增加顧客的餐飲勞動程度，也對顧客的額外點單形成約束，在一定程度上減少了食物浪費。

台灣飲食業的服務態度普遍優於大陸。在這裡，我消費時聽到最多的詞是「請」和「謝謝」，結算時，收銀員也會雙手承接現金或銀行卡，並微微鞠躬表示對顧客的敬意。就餐時，總有輕

柔的古典音樂環繞耳邊，餐廳的裝潢和佈局也可以帶給顧客歡愉的視覺體驗。這些細枝末節並不需要另外投入大量成本，卻可以很好改善顧客的消費心情，為顧客創造出溫馨的就餐環境並留下一個美好的印象。

這裡也沒有充斥著盜版光碟的電子市場，只有規範的唱片公司。為廣大的影音愛好者提供品質上乘的服務。這裡也看不見販賣盜版書的地攤，卻有溫馨的誠品書店和風格迥異的圖書館。

我非常喜歡台北的誠品書店，曾在一週的時間中就遊覽了三次，這裡有柔和的燈光、分類詳明的圖書和濃郁的書香氣息，沉醉在圖書中的民眾亦是這裡一道獨有的風景線。和大陸的方所書店很像。

文創閩台班「始業式暨迎新晚會」（攝影：陳美聖）

　　台北的捷運站裡井然有序的滾滾人潮，靠右讓左，天天如此，隨時隨處。

　　曾看到一則消息：一名年輕女孩在擁擠的車廂內坐到了「博愛座」上。她在忘情地發短信，大概沒有留意坐錯了位置。地鐵開動不久，旁邊的一位女乘客彎腰輕輕對她一番耳語。只見她的臉「刷」地一下變得通紅，立即起身，並連聲說對不起對不起。而此時，旁邊並無孕婦之類，博愛座也就一直空著。親身體會，名不虛傳。

　　這些似乎已經是一條約定俗成的規矩。

　　「我們早就習慣了，當絕大多數人都統一遵守規則時，個別人就會隨大流，否則你就成了另類。」一位路人說。

　　此外，像是「垃圾不落地」、「接問有禮貌」、「慣說對不起」等等，印象深刻。

　　在台北，處理垃圾是個麻煩事。每晚，在規定的時間，會有垃圾車統一到居民區收集垃圾，且過時不候。台北街頭垃圾桶也很少，因為容易造成二次污染，所以儘量減少垃圾存放堆積。台北市民的口號是，「垃圾不落地，自己製造的垃圾自己帶走。」因此，街道雖不寬敞、建築也頗老舊，可是，無論你走到哪裡都很乾淨。

　　還有一種「問路文化」。在台北，你無論走在哪裡，隨便向誰問路，都有人停下來回應你的問話，其認真負責的態度，有時

連問者自己都不好意思了。在「台北散記」中王小峰也寫下在台北問路時感受的人情味，「我在街上都不好意思問路了，因為他們都很認真、詳細給你指路，詳細到都記不住；不知道位置的人會拿出手機，幫我找到位置，然後告訴我怎麼過去。」直呼突然被「當成師長對待」很不習慣。

　　說到問路想起曾看過一篇文章，講的是台北和上海兩座城市都擁有很多以地名命名的道路，比如著名的南京東路，雙城皆有。中國地圖藏在兩座城市裡。文中提到 1945 年日本戰敗後，台北街道依然散發著濃郁的櫻花氣息，總統府叫「總督府」，圓山飯店叫「台灣神宮」。國民政府接管台北之後自然要著急給道路重新命名，因為路名關乎群體記憶、文化認同。當時有一個叫鄭定邦的上海建築師去了台北，在營建局任職。這是一位名不見經傳的技術官僚，生前並未留下傳世名作，他受命為台北街道命名。他拿出一張中國地圖來，浮貼在台北街道圖上，用南北向的中山路、東西向的忠孝路畫一個十字，分出上下左右四大塊。左上那一區的街道，都以中國地理上的西北城市為名；左下一塊，就是中國的西南；以此類推。所以如果你熟悉中國地理，找「成都路」、「貴陽路」、「柳州街」呢，往西南去就絕對不會錯，這也是一種對中華文化的認同和歸屬感。就這樣，鄭定邦把上海的道路命名傳統帶到了台北，讓上海和台北無形中有了一根特殊紐帶。上海人走在台北街頭，會看到熟悉的路名和全然陌生的街景，這種情景交融的體驗，真是在別處所沒有過的。

　　非常有趣的是上海永康路和台北永康街都不約而同地擔當了吃貨的角色，挑動著整座城市的味蕾。這會不會是因為永康市地方美食特別多的緣故呢。文中還提到上海的永康路原來是菜市場，後來是酒吧街，「前世今生」都離不開一張嘴。在上海，其實並不缺永康路這種小資風情的道路，最典型的就是具有相同屬性的新天地，出道早，名聲也更大。台北的永康街更是著名的美食街。彎彎曲曲的巷子四通八達，轉個街角就能看到食肆的挑子，人聲鼎沸間，各種香味撲面而來。走在永康街好像基本上就可以吃到絕大部分有代表性的美味了。大名鼎鼎的鼎泰豐就在街邊拐角，入口處懸掛于右任親題的「鼎泰豐油行」五字。CNN 說鼎泰豐「透澈的麵皮讓我們可以看到內餡」，門口始終食客絡繹不絕，天天大排長龍。

文創閩台班「文創學程校外教學」（攝影：陳美聖）

　　此外，特別想提到的是牯嶺街。所幸這個世界有人拍電影、有人寫書，讓名不見經傳的小街巷們可借影視劇、文學作品的宣傳一夕出名。上海牯嶺路位於南京西路與北京路之間，至今還是一條不起眼的小馬路。但因為沾了台北牯嶺街的光，大家看到多少還是會有印象，驚呼一聲原來上海也有這條路。平常的牯嶺路安靜平和，作為一條鬧市裡的輔助小路默默無聞地存在著。只有到了雙休日或用餐高峰期，才透出小吃一條街的本色來。而台北的牯嶺街因為楊德昌的《牯嶺街少年殺人事件》，這條路成了影迷膜拜的聖地。電影中的台灣焦躁、無望而壓抑，那一代人「他們沒有具體的理想，只在幫派同儕中找到同仇敵愾的情緒，在年輕的搖滾樂中找到模糊相似的發洩情緒。他們孤獨地成長，在彈子房、在壁櫥裡、在大人看不到的陰暗角落中，懵懵懂懂地認識實際，許多更無謂地製造悲劇或成為犧牲品」。楊德昌用電影再現了那段壓抑絕望、惶惶不安的年代，也傳達了他對那段歷史的看法。現實當中的牯嶺街沒有那麼傳奇，白天安安靜靜的，兩邊都是住戶。遮天蔽日的大樹把裡面的建築遮得嚴嚴實實。我們遊走在街上，行人寥寥，沒有電影裡那種充滿了青春躁動的味道，如同任何一條生活著的街道，平淡如水，人生畢竟不是戲劇。

　　也正如前面提到的王小峰所說，台北城市有些破舊，甚至還有衰敗跡象，但它真實、可愛、自然，不那麼矯情。一半機車一半汽車的台北街頭藏匿著溫柔和驚喜，等著我們尋覓。

給爸爸媽媽的一封信

趙豔晶

親愛的爸爸媽媽：

新年快樂！我猜你們一定很驚訝會收到我的信件，因為你們知道大閨女從來都是想到啥嘴巴說啥，從來沒有秘密是通過書信或者留言分享給你們的。我到台灣生活四個月，認識了很多朋友、嚐過了很多美食，看過了很多美景，但是我沒有像以前那樣每次講給你們聽，沒有發照片給你們看，只有簡簡單單的幾句報告行蹤。你們可能會感覺大閨女出去就只顧自己玩的開心，但其實是我想不久後自己賺錢帶爸爸媽媽再回來台灣，帶你們去吃美食去看我曾經生活學習的地方，給你們講好多好多故事。

三年前的那個冬天，自己的叛逆總讓媽媽傷心落淚，身邊所有同學都在為高考拼命，只有我不思進取仍穩居班級最後幾名的位置。直到某一個下雪天從宿管阿姨那裡接到媽媽寄給我的食物包裹，也是在那份包裹裡發現了媽媽寫給我的第一封信，清楚的記得當時看完那封信後，整個人再也

無心去想袋子裡有什麼零食。考上大學後很多人問我為什麼高三最後幾個月你會那麼拼命，答案是：看完那封信後，我希望有一天爸媽臉上的笑容會是因為我。爸爸媽媽，謝謝你們對我的包容、謝謝你們把最多的愛給了我，卻把累留給了自己、謝謝你們鼓勵我往外走。三年了，每次視頻看到你們越來越多的白髮時會偷偷落淚，來到台灣走在馬路上望著月亮也會落淚，因為我想你們。今天寫信送祝福給爸爸媽媽，同時也讓你們放心，大閨女在台灣學習生活的很快樂。

　　一直認為文化創意產業是一個應該多走多看多聽多想的專業，所以在台灣我利用大部分的空閒時間參觀了比較知名的文創園區，比如松山文創園、華山文創園等。除此之外，我與老師同學一同前往宜蘭、台中、桃園、苗栗等地方遊玩。記得我在《遇見你的生活》中看到過這樣一句話：人生最好的旅行，就是你在一個陌生的地方，發現一種久違的感動。從剛開始對這座城市的陌生到現今熟悉的這個過程，我感受到了人與人之間的尊重與信任，感受到了人與人之間互助的溫暖，不管在這座城市的哪個角落，在我無助的時候，總會有那麼一個剛剛好的人給予我幫助。台中行的第二天，吃壞肚子的我不願意打擾同學參觀創意作品展，便一個人跑去尋找附近的奶茶店或售賣熱飲的便利店，

可能由於文創園位置比較偏，走了好遠都沒有看到便利店，我只好坐在路邊摀著肚子休息。隔著一條馬路坐在我對面的是一位賣熟玉米的阿姨，起初為了轉移疼痛的注意力還猜想如果自己此時過去買玉米，阿姨會不會因為我很需要熱東西而故意賣很貴呢？可是後來阿姨讓我知道：這個世界還是好人

淡江大學的藍天與白雲，
從商管大樓往文學館方向

多。耳邊聽到一個很親切的聲音在叫「小姑娘」，抬起頭看到是阿姨遞過來一根冒著熱氣的玉米。她說：「趁熱吃掉它吧，然後直走左拐有一家便利店可以買到熱飲。」那一瞬間眼淚掉了下來，我也明白了人與人之間的信任和溫暖還是存在的，這個世界一點都不冰冷。12 月中旬，我和朋友兩個人出門不看天氣預報，憑著自己心中想像的艷陽天便穿著一件薄薄的中袖上衣和闊腿褲開啟了陽明山攀爬之旅，剛到山腳便凍的直哆嗦，更別提山頂寒風吹啊吹的那爽勁，我們沒有敗給巍峨的大山卻敗給了自己。也許是因為我們穿太少了所以引起了其他旅客的注意，當兩個人在糾結怎麼辦時，一位叔叔遞給我們一張紙條，上面畫著幾個圓圈和一些數位元組合，在部分圓圈的周圍還寫著「牛奶浴池」的字樣，看得出來叔叔是在告訴我們該怎麼樣去山上的溫泉泡腳池，寫紙條的他是一位聾啞人。

準備去坐阿里山森林小火車嘍！

爸爸媽媽，還記得我 11 月底跟你們訴說有多少報告多少事情要做嗎？現在整個人放鬆下來後回憶那段時光，不同的小組合作真的讓我成長了很多，我樂意分享自己所瞭解的資訊給同學，知道了自己的不足以及該學習的技能，懂得了自己扮演的角色以及自己未來的團隊需要怎樣的夥伴。對「兼聽並容」四個字新的理解是我在這段學習中最大的收穫。你們經常對我說：學習很累吧，要注意休息。我每次只是微笑，因為心裡想說：和爸媽受過的苦比一比，今天我能來到台灣念書，能夠跟隨很多優秀的老師學習，實乃幸福，學習一點都不累。每當早晨第一個刷卡進入圖書館時，我總微笑的對自己說：希望有一天，你可以是家鄉人的驕傲，可以讓爸媽的臉上再無憂慮。當我看到淡江大學藏書量很大的圖書館時，我便明白讀書是我在台灣最想專注的事情。用一句話形容現在的我：要麼讀書，要麼旅行，身體和靈魂，肯定有一個在路上。

記得某位恩師曾經講過：如果你想真正的認識一座城市，那就請你在那座城市生活一段時間吧。在台灣的這半年，我深深的領悟了這句話。每一天從清晨到夜幕，不管是行走在路上還是支著下巴坐在窗邊向外望，我都會看到這座城市生活的細節感受到這座城市生活的步調。隨處可見的便利店是我「最不願意進去的

地方」，邁進店門只有兩種情況：消費或者取錢，但不可否認的是台灣的便利店售賣的東西品類豐富，樓下有它在，我再也不想去大型超市購物。台灣與大陸很大的一個不同是早餐，台灣人更喜歡西式早餐，漢堡、三明治、奶茶等是早餐店最常見的食物，相比而言，饅頭包子鋪則少了很多，不過經我仔細探索後在某處巷子深處發現了一對夫妻經營的中式早餐店鋪，味道很棒，但我還是最喜歡媽媽做的蒜薹豆干雙匯粉絲包。爸爸媽媽，你們知道嗎？在台灣各大便利店或者超市消費後的發票單居然每兩個月會公佈一次中獎號碼，那種感覺就好像是「天天在買彩票」，不過最讓我感動的是面對中獎幾率很大的巨額獎金，很多人還是選擇了回報社會，把那份希望捐贈給更需要的人。

　　大三這一年，我在台灣。我知道努力不一定成功，但放棄一定失敗，所以我會做那個永不放棄的人，不管遇到怎樣的挫折，我都會鼓勵自己解決它。對爸爸媽媽的愛和想念，我不想用一句句的感謝來表達，未來有一天我靠自己可以過得很好，不需要爸媽再為我擔憂也許是對爸媽最好的報答。你們的支持是我一直向前的動力，祝新的一年平平安安、開開心心、生意興隆！

　　此致

　　　敬禮

與好友在誠品書店合影

女兒：晶晶

2017 年 1 月 1 日

緣結

主編：陸星瑤

大三那年，我們離開家，飛過海峽，赴台求學，我們經歷著別離與回歸。

在這裡，我們領略風光與美食，感受溫暖與人情，於細微處觀察衣食住行樂，也宏觀地思辨真與假，思索過去與未來。我們努力往外走，遇見不一樣的台灣，打開不一樣的世界，也靜心往裡走，認認真真地沉澱自身，在這裡，邂逅一個不一樣的自己。

一年之歲月，一年之緣結，一年之感悟。願多年後回想，心底，依然充滿感恩！

一切還在加載中

李研汐

　　來台灣前我做過種種設想和規劃，踏上台灣這片土地後，也許是一個全新而陌生的環境，這些設想和規劃都被我故意擱淺，想在這裡放空，想在這裡做無用功，想在這裡重新踏踏實實地，不為未來焦慮，認認真真地，整理自己。

　　我的頭就那麼大，可那裡每天都會有無數種想法在萌芽，在資訊爆炸的時代裡，各方都想告訴我們些什麼，要如何才能聽到最適合我們的資訊？靠篩選，怎麼篩選？不如任性一回，趁著環境的轉變，給自己換條新思路，從當下就開始認真地觀察。出生嬰兒第一眼看到的是世界，而這次，你第一眼看到的是自己。

　　一個我，十名老師，就像一間房子，開了十扇窗戶。自我出生起，我就是一間房子，遇見的每個人都是我的窗戶，打開它們，我就會看到新的世界，這次也不例外。一週有十堂課，一週會遇見十個世界。在知識管理的世界裡，我對管理學有了新的認識，原來它不是大二那本厚到不行的大部頭，而是生動又深奧的一條路徑；文化產業概論讓我明白，產業化是文化創意的最終目的，

日星鑄字行

落地萌芽，是我們要做的最後一件事；史料數位化的世界則讓我意識到數據庫對於文化的重要性；創新出版產業概論的課讓我瞭解一個編輯真正在做的事；文化觀覽產業概論則體現著歷史對於旅遊產業的重要性；創意漢學教會我吃喝玩樂自由發展是創意啟發的第一步；影視娛樂產業概論展現了不同文化元素融合後的驚人效果；說故事與創意課則展示了說故事的力量。在我看來，人本來就是在不斷的開窗戶關窗戶中成長的，在淡江大學新開的這十扇窗戶，帶來了希望也帶來了迷茫，或許我對很多扇窗戶背後的世界都產生了好奇，但真正能變成門的窗戶只有一扇，做好選擇是我鼓起勇氣邁出房子的第一步，思考的結果不用告訴世界，自己明確知道就好。

　　一個我，九次小組合作，點亮了我的整間房子。和已經相處兩年的同班同學小組合作是什麼體驗？可愛又辛苦的過程。無數次的小組會議，讓我發現每個同學各自的優點，有的擁有冷靜的思維，有的擁有創意的激情，有的安安安靜卻是技術大神，不同的人在不同主題的小組會議裡發著自己的光，一盞盞點亮我的房子，他們帶給我不同的力量，讓我對每一次的小組合作報告都充滿信心。古希臘著名哲學家芝諾有一句經典名言：「人的知識就好比一個圓圈，圓圈裡面是已知的，圓圈外面

禮拜文房具

是未知的。你知道得越多，圓圈也就越大，你不知道的也就越多。」我們的交際圈不也是如此麼？人是不斷變化的生物，不要用一成不變的眼光看待他們，一次相遇後有無數次交叉重逢，間隔的時間裡各自都在成長，用眼睛看的時候，也要打開心房。

在這裡每天都會遇到不同的人，卻都向我傳遞同樣的溫暖。早餐店的老闆會多送你一份火腿腸，午餐店的阿姨會因為我點的甜不辣沒有了而免費加送我一份配餐，就連我們住的學園，每天早上出門都能聽見一樓的門衛說早安，讓我想起了在大陸時我們小區的門衛大叔也是如此。這世界本來就遵守著人人盡力，便自有溫暖散發的能量守恆原理，因為對自己工作的熱愛和對生活的積極，才讓每一個人都能成為一個溫暖發送者，以自己的工作崗位為基點，向世界發射自己的能量。放下戒心，你才會看到周圍的人正向你伸出友善的雙手。曾有人說，不要將自己最喜歡的事當作工作，選擇第二喜歡的讓它成為工作，因為工作會磨滅你的熱情。可是這麼來看，無論選擇什麼工作，正確的喜歡都應是充分地喜歡它，沒有喜歡何來前進的動力呢。

在台灣的這半年，我在思想上最大的變化就是嘗試相信周圍世界。會孤獨是因為不敢輕易相信別人，相信所見到的一切，便能平和對待世界，無論是老師上課提出的看法、小組合作組員的爭論或是行走於陌生街道裡住戶的幫忙，都在告訴我：我們都需

要一顆溫柔的心，寬容的對待周圍。一個人會走得很快，兩個人會走得很遠，在人生這條路上，彼此陪伴，經過一個又一個站點，再換人陪伴，在台灣這一站，多了一些陪伴我的人，非常感謝她們，讓我這樣一個忠誠的悲觀主義擁護者多了一點勇氣和積極的心態。在台灣常常感受不到歸屬感的我，最喜歡的就是回憶。但是回憶應該是最容易帶來負能量的行為吧？人都說不要活在回憶裡，因為與現實的落差會讓你止步不前。可是我好像特別相信，如果我認真的往前跑，往下跑，最後我就能回到開始的地方。人生若是一條有始有終的直線，該叫人多麼洩氣？無論是起點還是終點都被固定，不能回頭只能繼續走。若是一個圓環又該叫人多麼開心，因為終有一天你又可以再次經過你曾經最快樂的那段路。不曾想過在台灣學習的日子會是快樂的，但是能給我帶來這些思考的赴台行在日後回憶起，應該是條長滿綠蔭的樹，蔽護著我懵懂又迷茫地前進。

這個世界屬於認真的人，認真工作的人，認真學習的人，認真生活的人。從小我的母親就告訴我：既然是自己決定做的事情，那你就應該咬牙盡力把它做好。在台灣的這段日子裡，出現了很多波瀾不大的意外，我會慌亂，會焦躁，甚至會偷偷在被子裡哭著問自己為什麼。可是人生本來就有很多無解的題目，我目前所遇到的尚且是最

簡單的題組，新環境確實很容易讓人產生想重新開始的想法，可是人生從來就沒有設置重啟這個按鈕，你能做到的是在某一階段更新自己。孤獨能帶來什麼呢？孤獨的時候，你可以向內剖析自我，也可以向外與世界對話。在課上播放的紀錄片《量身定做一本書》也在強調「認真」，正在印刷的那些不是書，是藝術。在寶藏岩國際藝術村做社會調研的時候，我問遊客服務處的保安：這裡的藝術你懂嗎？他突然很激動地說：其實這些藝術我都不懂，他們在地上隨便擺個凳子就說藝術，要是問我這是什麼？我肯定只會說是凳子。是這樣沒錯，隨便有人在我面前擺個凳子我也只會認為那是凳子，可是世界「認真」地告訴我：那是藝術。你要是問「為什麼？」生活就會告訴你：因為要用心觀察。這樣說可能有些抽象，其實對於藝術每個人都有自己的標尺，保安的話倒是點醒了我，現在看，我們學園下面賣蔥油煎餅的阿婆頂著刺頭，她是不是有顆搖滾的龐克心？認真地解讀世界也可能是無用功，是庸人自擾，回到我的高三，那時的我還不知道 6 月份那場考試的結果，也不知道三年後會在台灣求學，我認認真真一筆一畫的在畢業紀念冊下的空白處寫上：我始終相信努力奮鬥的意義。認真生活，不談回報，這樣看來，我在台灣做的種種其實都不是無用功。

即使不是台灣，任何一個環境的轉變我都願意充分利用來更新自己，但是也因為是台灣，我才明白：一切尚在加載中的道理。不奔著目的地而活，奔著未知而活，心態平和，認真觀察，一切尚在加載中，最終的意義還沒出現。

See you, Taiwan！

張儀

衣在福爾摩沙

　　台灣美食，舉世聞名。那麼我就從我所居住地方的穿衣說起。大三這年，我在北台灣。新北市淡水是台灣夏天最熱，冬天最冷的地方。為什麼最熱，不應該是愈南部愈接近熱帶越熱嗎？其實南部因西南季風，常帶來豐沛的雨水，南部的熱透著一股清新的熱。而淡水的夏天是那種讓人對出門望而卻步的熱，而一到冬天就是晝夜溫差極大，可能白天我們還穿著短袖短褲，晚上就要外加一件棉襖。並且淡水只要一下雨，就不停，雨不停就降溫，一降溫就可以體驗一秒入冬。而下雨通常伴隨著颱風，颱風必是狂風，下雨出門帶傘，如果傘不能「見風使舵」，傘頭頂風逆上，那麼傘骨傘身就真的會隨風而去了。因此，這般天氣，一件抗風防水的雨衣以及一雙厚實的雨靴是最佳的選擇。

住在福爾摩沙

　　一般想像中的學生宿舍都是位於偏遠地區，但我們住的這塊地卻是淡水的黃金地段，位於中山北路一段149巷17號。背靠陽明山，面朝淡水河。淡江學園校舍設施一應齊全，整潔乾淨，鋪在地上的磁磚每天都是光亮光亮的，樓道電梯以及頂樓的洗衣

宜蘭五峰旗瀑布

採蔥的少年們

洞見

房整齊而有秩序。而這全靠保潔阿姨和保安叔叔們的辛勤維護。除了我們所住的地方，台灣除了幾個標誌性的摩天建築之外，其餘都還是比較協調有所規劃的。在台北市老城區，建築物的高度是有限制，而有賴於這種限制，我們走在台北東三線的道路上不會有在同樣為國際化都市上海的那種頭暈目眩。因為歷史的原因，台灣的城市建築還兼具西方與日本的風格，但特徵不會明顯突出，不會有歐洲、日本那麼鮮明的特色，而是帶有自己台式風味的簡化。少了一份歐洲的宏偉壯觀，多了一份台灣的精緻與樸實。

學在福爾摩沙

台灣的教育制度分小學六年，國中即初中三年，高中三年。這和大陸的學制一樣，但在校內的教學內容結構有點差異，台灣的高中除了文理分科，還有一個醫科。而且在台灣這有一個說法，讀書最好的

首選就是醫科。不知道大家還記得一部台灣偶像劇《惡作劇之吻》嗎？裡面的主人公江直樹的職業不就是一名醫生嗎？在台灣這裡，醫生在社會上似乎具有較高的社會地位以及名譽，他們是聰明過人的天之驕子。除了醫生這個專業十分熱門外，過硬的電子半導體技術產業的發達曾經令台灣一時威震於世界之林。而今隨著勞動力升值，代工廠的外遷，面臨轉型對升級，台灣正進一步尋求產學結合，向更精密化、更複雜化的高新技術發展。

就淡江大學而言，這是一所綜合性大學，各個科系發展均衡，師資卓越。對於作為學生而言，這提供了優越的學習環境、豐富的素材資源。只要你肯探尋摸索，就會有意想不到的收穫。

此外，最令我感慨的是，淡江的「人性化」，以人為本。上了大學通常都是沒人管的，但一下從高度約束到極度自由，這種落差可能會造成過度放縱自己。可在這裡浪子回頭金不換，回頭即是淡江的港灣，學校老師的關懷就是夜空中最亮的燈塔。無論是調皮搗蛋的同學還是寂靜無聲的同學、學習成績優良或不足的同學，在這裡都是一視同仁。每一個人都是有價值的，都有一個屬於自己的天地，可以盡情發揮己之所長。

師者，傳道授業解惑也。老師們沒有去找一些特別高深的說法來講述一個知識以彰顯學問有多高深莫測，而是化繁為簡，由表及裡，因材施教，引人深思。傳道先於授業，除了專業知識技能的增長，更重要的是以禮義約束自我，懂得了如何為人處事才有可能將自己所學的發揮出最好的效用。大學之道，在明明德，

在親民，在止於至善。淡江所培養的莘莘學子不是工作的機器而是有一顆己欲立而立人，己欲達而達人的「同理心」。除了完成課上的作業，課後老師與學生的活動也是接連不斷，老師們總是不厭其煩、誨人不倦回答我們所提的問題。我的「問題」就是屬於特別多的，很麻煩。

樂在福爾摩沙

談到娛樂方式，在台灣除了週末假日與家人朋友出行，或傳統的看電影、唱卡拉 OK 外，我們不得不談及「夜市」。只要有人聚集的地方就會有夜市，一個小攤子，兩三張桌椅板凳，這就是夜市的標配。

夜市在台灣的歷史已逾百年，主要有這幾種型態：觀光夜市，有所規劃的如台北士林夜市、高雄六合夜市；街邊型夜市，圍繞

著商圈而形成，許多老街就是屬於這樣的夜市，如淡水老街，師大夜市；流動型夜市，商家全為流動攤販型態，比如寧夏夜市，白天那裡是學校，學生上學放學來來往往，到了晚上便是夜市。除此外，還有一些特殊節日的夜市商展也會不定期更換展地。夜市除了有各式各樣的小吃外，文創商品、服飾、玩具一應俱全。有時還會有街頭藝人的精彩表演以及幾個硬幣就可以玩上一段時間的小遊戲。夜市所賣的東西良莠不齊，但不要以為夜市所賣的東西便宜就沒好貨，只要用心去挑，也是有可能淘到「奇珍異寶」的。而經過白天一整天的用功學習、努力工作，到了晚上和家人好友相約去夜市逛逛也是不錯放鬆與休閒的選擇。

　　子在川上曰：「逝者如斯夫，不捨晝夜。」在台灣的日子似乎過得飛快。快到原來對家是一日不見，如隔三秋的我，從無時無刻不在想家到漸漸習慣並且融入這裡的衣食住行育樂。感恩台灣之行給我帶來的成長！再見！美麗之島—福爾摩沙！

淡江大學—滿園春色

20 歲，我在台灣

陳海容

初體驗

2016.9.11 天氣：雨 地標：桃園機場

福州—台北，航班 MF879，09：00—10：25

我帶著對未知征途的期待和鬥志，踏上了這段為期一年研修生的旅程。

對故鄉的不捨，對台灣的憧憬，對未來的規劃……一切複雜

的情感和想法，不知如何安放。一個半小時的飛行時間，我坐在靠窗的座位，看著飛過的海面，這就是書上曾說的：「這一灣淺淺的台灣海峽」吧。

下了飛機，第一步踏上這塊陌生又熟悉的土地，一路看著車窗外的風景——新北市淡水區，並沒有我想像中那麼繁華，但濃濃的生活氣息。

來到淡江學園宿舍，認識了我在台灣第一個好朋友——宿舍的保安大叔，他是第一個記得我名字的人。

這是我來台灣的第一天。

上學去

2016.9.13 天氣：雨 地標：淡江大學

淡水的怪天氣，明明出著大太陽，卻下起了小雨，陽傘瞬間變成了雨傘。不過，這也不影響第一天上學的好心情。

出門買早餐，早餐店叔叔的熱情，讓人一大早就感到元氣滿滿。

第一天上課，老師的專業知識和幽默風趣，輕鬆的課堂氣氛，不同於大陸，台灣的課堂更加 free style，可以隨時討論發問。

回到宿舍，保安大叔的晚安問候。熱水器壞了，宿管同學第一時間來幫我修。

這一切，讓我感覺在台灣生活，確實是一件很簡單幸福的事，因為每一個人、每一件小事，都會讓妳感到滿滿的暖意。

中秋烤肉趴

2016.9.16 天氣：晴 地標：台中

中秋節，台灣的親戚接我回家過節。三天假期，我吃了三天的烤肉，著實讓我消化不良。

表妹和我說，台灣中秋節每家每戶都會烤肉，我好奇便Google一下，原來是起源於烤肉醬的廣告，絕對是一個骨灰級品牌行銷案例。

台灣的家人都很熱情，六、七個兄弟姊妹，很多人也超級熱鬧，假期全家帶我去高美濕地、勤美綠道、清境農場玩。隨後去東海大學找同是來台交換的好朋友，東海大學著實像森林一般，台中市區的範特西文創區頗有特色，逢甲夜市真的逛吃一晚都不夠⋯⋯

接二連三的颱風假

2016.9.21 天氣：颱風天 地標：淡水

來台不到兩週，已經歷了台灣兩個颱風的我，對台灣的颱風天有了深深的體會。狂風大作，傾盆大雨，妳需要的不是一把雨傘，因為雨傘在颱風天裡並沒有用。斷水斷糧的颱風天，提前掃

蕩便利店，才是唯一的王道。也多虧了颱風，剛來台灣一週，接連放了幾天假，就當休養生息吧。

我，20 歲啦！

2016.10.2 天氣：晴 地標：台北

這是我在台灣過的第一個生日，今天，我 20 歲。

爬象山步道，騎 Ubike，逛八里十三行博物館，吃台北最老牌的冰店……

在來台的一個月裡，感受最深的就是，台灣讓我感受到的青春和自由。在這裡，妳可以隨時隨地拿起行李就奔向海邊；在這裡，妳可以無憂無慮享受青春的快樂，沒有那麼多的壓力和羈絆。

每逢週末，懶洋洋地起床吃個 brunch，可能吃完突發奇想的想到哪個地方，下午約個朋友就即刻出發。

今天，20 歲的我明白，未來的路越走越寬，可能去往比台灣更遠的地方，因為外面的世界說不定會發現更好的我。

警局歷險記

2016.11.10 天氣：陰 地標：淡水

今天，可能是，我來台灣最倒霉的一天了吧。在圖書館複習，結果把手機弄丟了。

晚上 11 點，第一次進了台灣的警局，第一次做了警車，第一次報了案。不過話說，台灣員警的服務是真的挺好，周到仔細，快捷方便。學校的教官也幫我調監控，看監控，打電話詢問。

雖然，手機被不知是誰的某位壞同學拿走，但身邊還是很多好人啊，在我最無助的時候，感受到來自陌生人的最真切溫暖。

一個人的花蓮

2016.11.21 天氣：晴 地標：花蓮

考完期中考試的四天小長假，開始了一場沒有手機的失聯之旅。

台灣，就是這麼神奇的地方，可以說走就走，去最東邊的花蓮，看太平洋最美麗的海。

騎車來到蘇花公路，被稱為台灣最危險的公路，左邊是懸崖峭壁，右邊是太平洋蔚藍的海，一年前在《國際地理雜誌》看到過，便心心戀戀一定要來。清水斷崖下的太平洋，是我對台灣的海的執念。

這次一個人的旅行，做了很多特別的事兒，隨著漁船一起出海，跑到山頂逆著風跳滑翔傘，半夜上九份看夜景，坐著公車客運沿路基隆的海邊……

但反而走的越多，越覺得自己想去的地方越多。有時候並不

明確下一個目的地是哪，會帶著怎樣的信仰和心情出發，但就是會不顧一切的上路，去讓自己見到更多的美景，感受更不一樣的生活。

不一樣的期末

2016 11.15 天氣：晴 地標：淡江大學

每到期中期末，整個淡江的人都愛學習了起來。圖書館、自習室、討論室每個地方都是熱愛讀書的同學們。

直到大家日夜復習備考的時候，滿朋友圈都是「馬冬梅」的時候，我卻整天刷屏各種旅行照片，很多朋友各種羨慕嫉妒恨。

難道我們真的這麼輕鬆嗎？嘖嘖，想太多……

考試前的一個月，我基本每晚兩 3 點睡，每天各種小組開會、作報告、改 PPT、討論總結、拍攝視頻……一個月的日子裡，十門課的報告，睜眼閉眼都是想著各種 idea。

因為台灣考試很少有筆試，很多都是小組 presentation，給了我們自我發揮的空間，訓練出每個人報告時的「颱風」，這也是大陸和台灣檢驗教學成果最大的差別。

不同於大陸大學的上課方式，台灣的老師更多讓我們自己走出校門去體會實踐，台北文創園區不定期會有很多展，一些獨立的小劇場，學校也會組織參訪活動，華視、中視集團等等。

這是一次「認真」的跨年

2016.12.31 天氣：多雲 地標：台北 101

2016 年最後四個月，在台灣度過，最後一天，和朋友相約台北 101 跨年。從來沒這麼認真的跨過一次年，下午就趕去 101 附近佔據一片風水寶地，約上三五好友，備好一堆零食，帶好充電寶、相機、桌遊，苦苦打坐八個小時。

這一夜的「馬桶刷」炸開了花，煙火絢爛的 100 秒鐘，滿街的人一起倒數。

許下一堆新年願望，希望 2017 年還在台灣的六個月，能收穫更多，做更多想做的事。

一週的半環島之旅

2017.1.9 天氣：晴 地標：恆春、墾丁

2017 年的第一場旅行，一路向南直奔墾丁，趕到海邊日落，便租了幾輛電動車，開始了七個人的夜騎。沒有路燈的海邊公路，被超強的落山風吹得凌亂，還好有月光和星星相伴，四台車前前後後，一路向南騎到國境之南—鵝鑾鼻。

在龍盤草原上開沙灘車，去白沙灣海灘踩浪花，探訪一下阿嘉的家，在關山上看海上日落……

我在墾丁，天氣晴。下一站，台南。

台南，是個超慢的老城。慢悠悠的人們，9點多起床吃個早午飯，看報吃茶聊聊天，每晚不同的夜市逛吃逛吃。在台南的街上，隨處可以見到人氣美食店，不過不知道吃什麼，看人多不多的准沒錯，不起眼的小店，一定是美味的藏身之地。

回「家」

2017.1.14 天氣：陰 地標：台中大甲

一路從台南吃回台中，回到大甲的家中，提前給親人們拜個早年。又是一個週末，一大早和弟弟妹妹們開車去秘境——忘憂森林、妖怪村。

隔天和家人去農場烚窯，在家的每天都吃的超飽，超滿足，胖了幾斤回台北。臨行前，街坊鄰居和家人們讓我托著幾大袋伴手禮回大陸，感覺自己像大陸台灣的使者，一來一回每次都大包小包的手信。

在台灣有個家，有親人照顧你，感受著台灣家庭不一樣的溫暖，真的是讓我最最感恩的一件事。

（PS：其實台灣有很多秘境，人少，景超美，隨便一拍就是畫報，不過地方都有點偏，需要規劃好路線，找對時間。）

最後一夜

2017.1.19 天氣：陰雨 地標：淡水

明早的航班，就要短暫的告別台灣，回想這 128 天，認識了這裡的人，發生在這裡的事兒，以及自己對台灣的情結。

在台灣的四個月，雖無留學之名，卻又留學之實。

在台灣生活與來台灣旅遊的最大不同處，無論是在學習、遊玩，還是在日常瑣碎的生活細節上，給自己一個大學交換生的身份去用新的視角看這個不同的世界。

盡管美景很驚豔，但那終究是他鄉的，是永遠帶不走的，而帶的走的是妳對它的認知和當時自己獨有的心情。

這裡的我所接觸到的人們，同學、老師、早餐店大叔、保安叔叔、7-11 營業員、旅行所碰到的每一個台灣人……我在他們身上，看到了一種最簡單的幸福，那就是享受生命的過程。熱情地對待每一個人，熱心地去做每一件事，不去想未來的種種紛亂，身在此刻就熱愛此刻。不去想太多的利益權衡，只是單純地過自己想要的生活。他們對生活的態度，都讓我深深感動。

2016 年，20 歲，我在台灣，學會了……

如何更好地去認識自己和感受別處的美好。

印象·台灣

廖嘉琪

也許是為了成長

記得很清楚，今年 12 月份雅思口語測試中，一位台灣考官如此問我。

「Hey, Rennie, could you please tell me why you want to study in Taiwan?」

「I don't know, actually I have never thought about it before. Maybe I come here only for my exchange program.」

「Well, I think you had better think of it because only when you know what motivates you, will you have a specific target.」

他的問題，興許幾秒的時間裡令我反應不過來，卻切切實實地擊中了我內心。

我為了不遠千里來到台灣？難道只是為了完成我的學業嗎？

我心裡很不安，或許我應該聽見我心裡的聲音，或許我該明白自己的追求。

身邊不乏熱愛旅行的閨蜜。身邊不乏為我安排好行程只希望我參與旅途的親友。可我總是以一副事不關己的樣子，反覆回絕、抵制參與。也許是怕麻煩，也許是擔心旅途顛簸，也許，害怕未知的危險。但是，一切的拒絕，都來自「我不想長大」的荒謬。

心裡的兩個我，總是在一項看似宏偉的出行計畫面前，辯論、爭吵、互不妥協，直到最後，敗給心裡強大的那個我，那個總是怯懦、慵懶、無所謂、不敢有夢想、封閉的我。

曾經在心裡放映過無數電影，在心裡看過無數模糊的風景，在心裡走過不計其數的棧道、海岸，可從來沒有一次真的走出象牙塔，去擁抱這個世界，像所有電影裡瀟灑的女主角一樣，沖著大海大聲呼喊出愛人的名字，躺在山頂的草地上，數著滿天的星星。

哪怕，一次。

一次，都沒有過這樣的勇氣。

在我二十年的安靜裡，我做出的最突然的決定，也許就是來台灣讀書吧。

惴惴不安，惶惶恐恐。卻又，滿心歡喜，偷偷期待。

很清楚地記得，入台前夕，旅館的空調很冷，被子很薄，窗外狗在叫，路燈很亮，心裡很吵鬧。似乎，這幾個小時的夜晚被無限拉長，長得我睜著眼看著天花板的亮斑一點點移動，直到屋子裡亮起來。無比清醒，卻又無比渾渾噩噩。就這樣，登機了，跟父母短通道別，來到了這片土地。

我想，是時候長大了，是時候去一個父母的棉被快遞不到的地方，想回家卻不能實現的地方，一個，離家遠的地方。

人啊，總是畏懼長大卻又期待成熟，害怕未知卻又歡迎挑戰。而我，總算在長大的路上跨出了一步吧。

夜裡，我常常望著天花板，想著一年前、兩年前、更多年前的自己。每每想起曾經離開父母的夜漫長而寒冷，充滿著眼淚，我不禁又氣又笑。過去，渴望然而害怕，期待然而抗拒，那一點點小思緒，即使現在回憶，仍然讓我覺得，啊，我一定還沒長大。

我多希望，一年後、三年後、十年後，老了以後，我坐在夕陽下的籐椅上，一定會想起在這裡經歷的種種。也會慶幸當初有一份無厘頭的衝動，給了自己一個機會走出象牙塔。

謝謝你啊！過去的自己，送給現在的我一份經歷，更是一次蛻變。

哦，對了，我再回答一次：「Because departure from my hometown means growth to me.」

我是你的眼

在台灣讀書，和媽媽微信的日常，總是逃不開「今天吃了什麼？去了哪裡？看到了什麼？覺得怎麼樣……」這樣的程式。我總覺得，和熱愛旅行的爸爸不同的是，我的媽媽在她之前的生活裡，從來沒有過遠行。我總覺得，我是她的眼睛。每當我來到一個新的城市，我都會盡我所能地記錄下點點滴滴，用網路傳送給媽媽。她總是期待我可以走很多很多的地方，看很多很多的風景，擁有像海一樣廣闊的胸襟，和春暉一樣溫暖的心靈。我也常常覺得，我是帶著媽媽的夢想和期待來到這裡的。我用力地呼吸這裡的空氣，大口地吃掉這裡的美食，用雙腳去走過台灣的很多很多馬路，因為這份體驗是雙倍的，有一份，我會用心，傳遞給遠方的媽媽。

雖然來到台灣，到現在只有四個月之久，但我可以拍著胸脯說，每一個我曾走過的風景，都被我用力地擁抱、深刻地銘記。台灣南部的旅行還在我未來一月份的旅行清單中，但從我身邊去過那些地方的朋友們的眼中，我看到了這麼美這麼美的台灣。我聽著朋友們的旅行故事，透過他們滿足的笑窩和神往的眼睛。似

乎，那藍色的大海伴著呼嘯的海風、滿屏的花圃散發著迷人的芬芳、幽靜的農場在溫暖的陽光下哺育著牛羊、廢舊的鐵軌上升起希望的天燈點亮黑夜的寂靜……在他們眼睛裡發著光，流露出對這片土地的愛與嚮往。我想，這就是，我一直想感受的，旅行給予旅者的開闊和柔軟。

　　然而，我去過的地方，很少。但即使很少，卻也在每一次回憶裡讓我感同身受般動容。我看過淡水漁人碼頭的夕陽，渲染了整個蒼穹，把雲朵染成黃色、金色、紅色、粉色，裝飾著我的夢境。落潮時的海水留戀地拍打著岸礁，啪，啪，啪，似乎在說著思念。遠處的海中央，沙丘一點點露出來，像出生的嬰兒好奇地在水面探出頭，問好這個世界。最燦爛的莫過於，那海平線的落日了。逐漸收斂起光芒，收回灑在雲層上的金色的無袖，一點點，一點點，遮起她的臉龐。直到海天相接，只殘留最後一絲溫暖的光亮。我還看過九份的天燈，裝飾了黑夜，燃燒了溫暖。戀人們，家人們的臉龐被這微弱的光明點亮。他們緊緊簇擁在一起，滿心期待地升起一盞又一盞的孔明燈。由大至小，燈光微弱下來，彷彿嵌在天邊的璀璨星光，又如叢間的螢火蟲。我還看過無名的鄉間森林，茂密而濃厚的綠色蔓延在每一寸土地上。茁壯的樹木破土而出，挺直著腰板，竄高了個子，似乎要眺望遠方的城野。我踩在雜草叢生的小徑上，充滿生氣的野花和野草擁簇在我的腳邊。我多想，我屬於

這一片森林，雙腳踏實地踩在泥土上，臥在粗壯的大樹幹上，優悠地打著哈欠。

給我一個理由留下，那便是這一片土地的生命力，孕育著流水、植被、生靈，也點燃了我的熱烈。

我怕來不及，我要抱著你

「台灣最美的不是風景，是人情」。我曾對這句爛俗而矯情的話不以為然。然而，卻真的只有這句話，印證著這座城市的魅力。

當我走進餐館時，服務員真誠的笑顏和溫暖的日常問候，熱情地反倒讓我局促不安。

當我看見這座城市對殘障人士的包容，每一個人自發地為盲人引路、讓座，心中不免油然而生起暖意。

當我在便利店購物，耳畔的「對不起、謝謝、久等了」禮貌用語成為掛在嘴邊的日常。

當我在早餐店吃飯，老闆笑著要給我免費加餐，提醒我天冷加衣，眼眶不禁潤濕。

好多好多的「當我」，好濃好濃的人情，快要把我溺在蜜罐裡，甜在驚喜裡。我，一個陌生人，來到這座城市，卻在短短的幾天內，感受到溢出來的幸福感和溫馨。我，輕輕的來，也許在

街角留下短暫的身影和痕跡，可你，台灣，卻用溫情在我身上留下了印記，這種印記，我叫它「存在感」。我不再覺得我對於這片土地是陌生的甚至是抗拒的。平等的、善意的對待，讓我在這裡有了我自己的標籤，有了社會存在感。似乎，我在這裡呼吸，這裡的空氣會因為我變得不一樣；我在這裡行走，這裡的道路會記得我的腳印；我在這裡生活，世界也會因為我有一點點的改變。這樣的社會存在感，讓我覺得，原來我也可以這樣存在，原來我對於別人不是可有可無的角色。

就像《海角七號》裡的每個人物都在自己的角色裡真誠地生活，總是在迷茫之後卻又重燃希望，在自己小小的世界裡創造著大大的與眾不同。不知道該說《海角七號》拍得真實，還是台灣人都活出了真誠的模樣。來到台灣，看到的人們，熱情洋溢地生活，即使很多時候我覺得他們並沒有活得那麼好，可他們仍然固執地活出了對生活的期待和嚮往。我不再覺得，每個人都是渺小而平凡，相反，每個人都可以很偉大很獨特。只要懷抱生活，熱愛生活，努力生活，人生真的會有所不同。

我走過大陸的許多大城市，總覺得它們失了一絲溫度和情懷。無數熱情的年輕血液獻出自己的青春、夢想、激情，但城市回饋的往往是微不足道的牽連。很多網路小說裡的大城市，尤其在夜晚像極了一堵四面的圍牆，裡面的人沖著它喊，卻聽不到回應。外面的人卻越不過那比天高的牆，止步不前。城市裡，我們被擁擠的人群推著走，卻很難找到一個願意傾聽故事的人。偌大的空間裡，卻很難尋覓一處溫暖的歸宿。但台灣，徹徹底底打破了這

個「大城市冷漠定論」。大街小巷，充斥著撲面而來的暖意，快融化了你常年低溫的心。狹小的熱帶島嶼，散發著熱騰騰的氣息。它是友善的，給予每一個熱血的年輕人鼓勵的糖果和夢想的寶盒。它是溫暖的，人與人之間笑臉相迎，以禮相待，彼此守望、彼此關懷，隨處丟棄的埋怨被好心人善意地拾起，還給你的卻是充滿溫度的寬慰。

溫暖的城市，賓至如歸，彷彿每一個人都彼此聯結，相互交錯，織成偌大的一張網，籠罩著這片土地，也保存著原本的溫度。

我怕來不及，唯恐還沒有結識足夠多的人，唯恐沒有積累下足夠多的記憶，唯恐我還沒有好好瞭解你，台灣。我怕來不及，我要抱著你。台灣，用我的赤誠和純潔擁抱你，讓我的身體裡也留下你的溫度和痕跡。

再見，再、見

給我一萬個理由離開，給我一個理由留下。

我面向身邊的朋友，「嘿，你說，幾年後我們再來台灣，它會不會變了很多？」

問完以後，卻覺得自己很蠢。我明明知道這個答案，清楚得不能再清楚。

「我相信它不會的。即使它變得更加熱鬧繁華，它也會用原來的溫度擁抱我。」

「那 ... 你說，這座城市會記得我們曾經來過嗎？」

「嘻嘻…你說呢？」

給我一萬個理由離開這裡吧，可總是找不到藉口。

給我一個理由留下吧，那就留下吧。

我多希望，天荒地老，我還能回憶起這裡的風光與朋友，還能有置身於此的溫度。

我多希望，我能用手掌，抓住這裡的一絲氣息，存放在心口。

我多希望，時間走得再慢一點，讓我停在這裡的光陰冗長一點，讓我的回憶滿一點。

嘿，等我，我會回來找你的。

台灣學習生活心得

林德旺

今天是 12 月 30 號，馬上就要步入 2017 年，2017 年 1 月 20 號，我們就將離開這四個多月，一個學期來我們所生活學習的台灣新北市淡水區淡江學園，淡江大學。現在回想起這四個多月學習生活的日子，記憶有的清晰有的已經模糊。還有 20 天就要踏上歸程，這段時間的日子彷彿就如一場夢，卻成了一場本來遙遠卻實實在在的經歷。

我是福建師範大學 2014 級文化產業管理的學生，我們這個專業是閩台合作項目，因此我們一進入大學就在為大三這一年的

台灣的學習生活在做準備。時間過得很快，它似乎並不在乎一個人是否準備好了，在它該來的時候它就來了，永遠都不會遲到。2016 年 9 月 11 號一大早 6 點起來就為了趕早上 8:30 的飛機。收拾好東西與學校老師和同學告別完，我們班 49 位同學加上輔導員就出發，開始前往台灣的旅途。

可以看出大家臉上都寫滿了倦意，一個個都睡眠不足的樣子，但一個個又都異常的亢奮，面對即將到來的未知的旅途充滿了期待。一個小時後到達長樂機場，8:30 坐上飛機，在飛機上，我一直在想著台灣會是什麼樣子的，下飛機後天氣如何，會不會有很多人迎接我們，台灣的學校和學生會是什麼樣子的，和他們交流是不是要用閩南語。時間沒有過多久，大概一兩個小時吧，我們就到達了台灣島的上方，當臨近桃園機場，從機窗上往下看，綠地與魚塘交錯的地面，城市與山丘相間，我停止了猜測，開始了對這一寶島的實際體會。

下飛機後，就有淡江大學的學長、學姊們來接我們，而踏上台灣的那一刻，我似乎還有些恍惚，還有點不敢相信，但我們確確實實是來到了台灣。學校派來了兩輛大巴士車來接我們，大概一個多小時吧，在下午一點左右我們到達我們的宿舍淡江學園，之後我們便按照流程辦理好住宿手續，入住淡江學園。宿舍條件還不錯，四人間，獨立衛浴，周圍環境也還不錯，樓下有便利店，超商，各種餐飲店等，非常方便。

我們慢慢步入在台灣的正常的學習與生活。通過這 4 個多月

的時間，我們上了各式各樣的課，交了很多台灣的同學朋友，見識了很多的老師，學識淵博的，實戰經驗豐富的，風趣幽默的，可愛的，各種課程的老師，讓我們見識到了不同於大陸的教育。在這段時間裡，我跟同學去了很多地方，來到台灣前，我最期待的就是去好好的領略台灣的風土人情，台灣很美，是不同於大陸那種雄偉壯觀，台灣是一種精緻清新的美，當然台灣最美的還是人。人是台灣最美的一道風景線。

去過那麼多的地方，最讓我難忘的那次期中考後四天假期，我跟同學從台北到九份到花蓮的三天兩夜的旅程。那天是 11 月 17 號，期末考試考完，我們開始了為期四天的假期。早上，我們早早地起來，來到了捷運站。天氣特別的好，天特別的藍。我們出發前往台北車站。從台北車站出發，坐上台鐵，經過了大約一個小時的車程，我們到達目的地—瑞芳車站。火車、鐵軌、月台經常出現在台灣青春電影裡，火車載著青春的記憶漸行漸遠。一下瑞芳的火車，看著略顯破舊的小站台，彷彿進入到了電影場景。

雖然火車站又小又舊，但地上乾淨得連一張廢紙都沒有。從瑞芳坐公車，大概十多分鐘的車程我們就到了今天的最終目的地—九份了。九份位於台灣新北市瑞芳區，早期因為盛產金礦而興盛，礦藏挖掘殆盡後從而沒落。1990 年後，因電影《悲情城市》在九份取景，九份的獨特舊式建築、坡地以及風情，透過此片而吸引國內外的注目，也為此小鎮重新帶來生機。

我們來的第一站就是有名的九份老街，進入老街的第一感覺

就是怎麼這麼多人！本就不寬敞的街道硬是擠滿了人。周圍日韓籍的遊客特別多，或許是由於傳言九份就是宮崎駿大師的漫畫的取景地吧。大家都帶著一種朝聖的心領來到九份吧。這裡的小店也讓人目不暇接，這裡可以看到全台灣甚至是其他地方的東西。

停留在這裡，感受一下日統時期的文化特色也是不錯的。九份老街位於九份山城上，整條街的趨向是往上走，路上的地板是凹凸不平的石板路，富有山城的特色。老街的街巷比較窄，但絲毫不影響各種吃貨們哈哈。走到一個平台處，可以俯瞰山腳下的寧靜的太平洋。

當然，九份最不能錯過的當屬芋圓，老街入口第一家的最好吃，半山腰的賴阿婆最有名，山頂阿姨家有最佳的觀景台，隨便挑一家，都有它的喜愛之處。隨著夜色的降臨，山下的民居漸漸亮起了一星星的燈光，映襯著恬靜的大海，感受從海邊吹來的氣息，特別的舒適。九份，越夜越美，當夜幕隱去老建築的陳舊外貌，只用沿山小徑錯落而上的燈光襯出它整體的朦朧意境時，他的那種獨有韻味讓人心醉。

在山上找了間民宿住了一晚上，第二天我們起得很早。九份的清晨安靜，甜謐。告別九份，帶著些許的不捨，不知道以後還會不會回到這裡，我們還是要離開繼續前往下一站。

我們的第二站目的地─花蓮。從瑞芳車站，坐上台鐵火車，又經過了將近 3 個小時更為漫長的時間，終於到達了花蓮縣。下車後，我們找到了一家租車行，租了一輛小電驢便開始了我們的

自駕行。騎著小電驢，我們來到了花蓮七星潭。一到這裡，我們就被這裡的美景給深深的吸引住了，淺藍色的海水，一望無際的大海，海灘上的石頭。

之後我們騎著小電驢，左邊是高聳的峭壁。右邊是湛藍的海水。我們就這樣沿著海岸線公路前往下一個地點。

我們來到了花蓮的著名景點—清水斷崖。清水斷崖是蘇花公路沿路斷崖的總稱。大斷崖橫亙在無邊無際的太平洋西海岸，好似一道天然的屏障，據說是太平洋板塊和亞歐大陸板塊斷裂的產物。清水斷崖其實是太魯閣國家公園的一部分。天晴的時候，海水如碧，斷崖上雲霧繚繞，美不勝收。而清水斷崖旁邊的蘇花公路，則是全台灣最美而且最驚險的公路，很多騎行愛好者環島必到之地。

來花蓮之前看過許多清水斷崖的照片，覺得很美，但感覺大家的照片也都差不多，好像也就這樣。但來到了親眼看見才知道照片是無法還原現場之美的。就算看了很多照片被提前「劇透」，來到現場一樣能震撼到你。到了清水斷崖，才會明白地球為什麼是水做的，連綿的斷崖絕壁萬丈，直插入海，山腳下是一望無際、波瀾壯闊的太平洋，險峻而蒼茫。眼前的藍不是藍，眼前的綠也不是綠，我想，我所掌握的辭彙真的不足以描寫眼前的景象，此時，聽著駭浪撲岸的聲音，如果用兩個字來形容我的感受，那就是「震撼」。

時間過得很快，到了晚上，我們在車站附近找了間青旅入住。

經過一天的奔波我們都非常的疲憊，洗漱完畢後我們就上床休息了。第二天本來還有安排，但人算不如天算，一早起來就見外面下著雨，只好結束行程。我們只好買好車票，踏上歸途。

這次的旅程有苦有甜，在路上經歷了些小插曲，但總的來說還是很滿意、很值得的。我見識了大自然的巧奪天工，我感受到了濃濃的台灣氣息，我感受到了台灣人的熱情與淳樸。這些都是我一輩子難忘的回憶。台灣的一學期的學習生活即將結束，我們也將開啟下一段的旅程，我們見過美麗的風景，但我們不會留戀，我們要繼續向前。我會更加珍惜下個學期的台灣的生活。

淡江大學宮燈教室
（攝影：翟宇婷）

青春那些事兒

聶昭穎

阿里山森林小火車

　　來台灣將近半年，感受了許多曾經從未有過的體驗。這樣的時光是與在大陸當一名普通的大學生完全不一樣的。在來台之前，雖然遠離家鄉上學，但我大部分的時間仍是上課、看書、逛街、看電影，很少能夠做到真正的「走出去」，或者脫離自我，去感受一下曾經從未擁有的生活。趁著現在我們還年輕，為青春留下值得回憶的事情，是我不斷憧憬的。

做一名樂學其中的「真學霸」

淡江大學的教學方式與福師大大有不同，教學體驗和參訪活動讓我印象尤為深刻。大部分科目都會有教學體驗活動，課餘時間文學院也會定期組織我們去參觀大大小小的文創園區。也是這一次次近距離的實地參訪和接觸，我對台灣的文化創意產業有了實質性的瞭解。短短的半年，我跟著老師先後去了台北故宮、台中文創園區、深坑、大溪等地，收穫頗豐。要說淡江大學讓我眷戀之處要數圖書館，良好的讀書環境、先進的硬體設備、豐富的圖書資源，我在淡江大學除上課時間幾乎全在那裡度過。當一個人愛上了她所在地的圖書館，我認為這正是她要逐漸進步的起點。而我，在這圖書世界中找到了真實的自我，都說大學要多讀幾本書，為日後進入社會鋪路。所以，正值青春的我們，更要抓緊這即將結束的大學生涯，充實自己內心。豐富自己，何樂不為？

做一個浪跡天涯的背包客

在大陸，去過很多城市旅遊，但百分之八十都是和父母、家人一起，心裡會輕鬆很多。好奇台灣風土民情的我在這半學期只要放假就會往外跑，去不同的城市，遇見不同的人，感受不同的魅力。讀過很多背包客的遊記，也一直幻想什麼時候自己也可以向他們一樣浪跡天涯。半個學期，雖然去到的地方不多，但都是擁有不同的美色。有繁華的國際都市商圈、有寧靜僻遠的小漁村、有登高望遠的山頂、有浪拍碎石的海邊……吃過寧夏夜市、士林

夜市、花蓮夜市，當然也遇見過不同的「過客」。從民宿房東、到計程車司機、再到捷運上的路人，我慢慢被台灣「最美的風景」打動。與大陸不同，在台灣大部分的旅店都是民宿，而非賓館。民宿稱之為台灣的一大特色。還記得在去花蓮之前，我預定民宿的房東提前好幾天就通過微信加我，告訴我房子的地理位置，周圍景點，為我提供多種旅行方案。在當天，在我們火車略有晚點的情況下仍一直等待，為我們講解房間的構造佈局和家電的使用方法，在確定沒有任何問題後才離開。在台北的計程車司機，有很多都穿西裝襯衣，我認為這是對顧客的尊重、對服務業這行職業的尊重。在車上他們會熱情的問你從哪來，會問你對這座城市的印象、會給你推薦遊客所不知的意想不到的地方。就這樣，我遇見的所有人都在我的記憶中留下腳印。還有貼心為我指路的行人，和我交談的過客。或許這就是陌生人的魅力，迅速但難以忘懷。人行走在路途之中會遇到形形色色的人，通過他們去領悟，會得到不一樣的認知。

做一個「今欲放縱」的小青年

面朝大海、春暖花開。這句話曾經寫在我初中的課本上。當我伴著夕陽在漁人碼頭和同學一起面朝大海，感受陽光灑在自己身上，看著夕陽慢慢消失在海平面之時，我真正地體會到春暖花開的感覺。雞排、奶茶、啤酒……這些我曾經拒之於千裡之外的台灣美食成為了在台定期陪我放縱的「幫兇」。台灣人素有愛吃宵夜的習慣，因此路邊的小吃店即便是很晚也仍會有很多顧客光

顧。我還會深夜和同學一起走到台北市中心的街頭，去好好的審視一下這座國際化都市的夜晚；依舊車流不息、燈光璀璨。不同國家、形形色色的人從我身邊走過，燈紅酒綠的百貨大樓，我置身於其中，彷彿擁有了前所未有的情緒。不同的城市、不同的時間，往往散發著不同的魅力，這就需要我們親自去感受。過好現在生活的方式有很多種，而年輕就是需要抓住這樣的機會！

做一隻大寫的迷妹

　　我，算個追星族，喜歡一個組合，確切的說是這個組合的那個人。曾經的自己對於那些瘋狂追星的粉絲有很多不屑，明星能帶給你什麼？是金錢、知識、還是名譽。但是，當我真正有了一個偶像的時候，我發現那時的我確實想的太片面了。我很喜歡GOT7組合的成員樸珍榮。只因他對粉絲說過這樣一句話：讓我們在平行的時空下過好各自的人生。這句話彷彿一道閃電擊中我，他已找到自己想要的生活，我還要原地踏步麼？沒錯，追星，我把它當成是我平時生活的一種放鬆。在緊張的課業壓力下，聽聽他們的歌，看看他們的表演，成為我的一種解壓方式。所以在來台之前我就給自己立下兩個flag：一是爭取見到我想見的樸珍榮！二是在小巨蛋看一場演唱會。

　　曾以為第二個願望會很容易實現。來台不久，我和朋友便查到在11月底韓國組合EXO來台北小巨蛋開演唱會，本著看看帥哥、聽聽音樂的理念，我們毅然決定搶票！看好搶票時間、拜託台灣同學幫忙繳費……萬事俱備之後，我們期待著，只等那一天

的到來。可惜在開票不到一分鐘，我們想搶的最便宜的場區的票就被「洗劫一空」。幸運的是第一個目標馬上就要實現，我願抓住這為數不多的機會，去支持他們，並且給自己圓夢。現在別人再問我偶像是什麼，我會說是精神導師。去讀他們讀過的書、去像他們一樣不斷奮鬥。原來的我會想太多原因放棄，而現在的我看看他們的努力就不願停歇，追逐自己的夢想。所以，當你想親眼見見那些激勵自己的人的時候，在台讀書是最為便利的。台北搶票管道正規，沒有很多黃牛黨，所以較少出現天價票。因此排除那些超人氣的偶像團體，真真切切地在小巨蛋享受一場演唱會是喜歡音樂的每一位同學都值得一去的。

當然，學生之本就是學習。來台灣我體驗到了區別於大陸的教育方法，也利用淡江大學豐富的教學資源平台充實著自己。而我此刻只是想提醒大家珍惜這不剩幾年的大學時光，來為我們的青春創造記憶。此刻的我們風華正茂、器宇軒昂。今欲不揮灑青春，更待何時？

一路走來，要感謝的人太多，感謝我的父母支持我追求夢想；感謝兩邊的學校為我們提供這麼好的交流機會；感謝我身邊的每一個人激勵我不斷向前。在台灣的時間，讓我有機會更好的認識這個世界，與世界接軌。多跑、多看、多寫、多聽，是我認為留學在外很重要的因素。趁年輕時增長見聞，抓住每一個機會，塑造一個不一樣的自己。

花開並蒂──兩岸對比與研修

毛橋含

寫這篇文章，是希望能夠給以後將要來台灣學習的學弟妹們一些先行的建議，也給想要瞭解台灣的人們一些觀察的便利。

大三的台灣之行是我們閩台班大學生活的重要一站，對我自己也是新奇的旅程。在大陸，大學生一般會選擇離開自己的故鄉，去別的省份讀書，見見別樣的世界。而我沒有這個過程，我還是留在了自己的家鄉──福建。所以大三台灣行是我離開故鄉的第一站。

做為 個福建人，相比於同班的北方同學，福建和台灣的生活習慣更為接近，我也自然更容易適應，不過台灣和大陸還是有很多區別的，在此我列出一些大的區別以便給讀者一些建議。

一、剛來台灣，不管南北方人都可以明顯感受到的最大的不便就是網路電商的欠缺。在大陸，由於互聯網的飛躍式發展，大陸直接跳過了線下經濟的緩慢建設，後發先至地在短短幾年內構建了龐大的互聯網商業體系，除了名聲在外的淘寶，飲食有餓了麼、美團、口碑外賣等外賣服務平台，玩樂有百度糯米、美團等團購平台，平時的生活用度，不管是充話費、交水電費、學生卡充值甚至是買保險，用一個支付寶足不出戶就完成了。然而台灣因其線下實體經濟的發達與便捷，使得民眾習慣實體經濟，商家無意大規模轉型，台灣的消費模式仍然處於傳統的框架之中。來台灣的前兩週，我不得不重新轉變自己的習慣，去花心思去瞭解不同店家的優惠策略，公休時間，具體產品，外送電話等等事宜。所以我建議來台的學子們，不要放棄淘寶的使用，它仍然是你購物的法寶，善用套餐集運功能，可以省下不少運費。同時適應台灣的便利店，它們也可以提供許多便利。

二、在台灣生活可以感受到鄉村裡交通的相對不方便，也許是因為當地人都騎機車、開車吧。另外，台灣的公車如果沒有人舉手表示要上車，或是按下車鈴，那麼公車司機就會過站不停。都會區上下班的巔峰時間，很容易塞車，有時走路甚至都比坐車快（在沒有捷運的城市）。有些比較偏遠山上，班車較少，一天只有少數幾班車，得先查好班車時間表，免得錯過了，就沒有車可以搭乘了。

三、台灣十分注重版權問題，所以同學們在台灣不要隨便下載一些非法的視頻、軟體、文章等，也不可以不經同意隨便使用

他人的作品。同時，因為版權問題，許多我們從前使用的視頻網站，如愛奇藝、優土豆、bilibili 等，這些網站購買的版權一般只有大陸地區版權，所以我們在台灣經常是無權觀看上面的一些視頻的，感到不便的同學可以使用 Google 瀏覽器上叫做 unblock 的外掛程式，它可以幫助海外華僑解鎖大陸視頻網站。如果懶得裝外掛程式就只好善用愛奇藝的繁體版了，愛奇藝在繁體介面上還是開放了許多資源的。

四、台灣對於弱勢群體特別關照，這是一個社會發展到一個比較發達的境況時才會產生的人文關懷。台灣在公共場合的哺乳室、殘疾人設施、素食主義者服務等都非常齊全，在敬老愛幼方面做的也不錯，地鐵和公車上的博愛座，我們學生沒有特殊情況就不要坐了，留給他人。進地鐵不要吃東西，垃圾不亂丟，遵守基本的禮儀規範，維持良好的氛圍與環境。

五、台灣的紅綠燈有一點奇怪，有時候設計得不是很好，位置不顯眼，而且燈常常是人車共用的，而我們一般是行人汽車分兩種的，大家需要留個心眼。另外市區裡有一些公車站是停留在路中間的，下車要注意安全。

六、台灣人大多比較友善，也彬彬有禮熱心腸，有什麼困難可以向旁人求助，一般都會善良地幫助你。當然同時，也會有一些人對大陸抱有偏見，或者提一些奇怪的問題，希望大家保持本心，不需要活在他人的眼光中。

七、台灣的飲食偏甜，真的是偏甜，連我這個福建人都覺得

偏甜。另外台灣沒有什麼乾鍋和燉罐吃。台灣多小火鍋或者日式
火鍋，不方便吃到正宗的火鍋，如果想開灶的話可以在超市裡買
到海底撈的湯底，至於材料可以去市場買，物美價廉。超市的固
定火鍋搭配量少價高，不適合我們這些學生黨。台灣本土的小吃
可以嚐嚐，有蚵仔煎、豬血糕、豆花、刈包、牛肉麵等，可以逛
逛夜市，找到好吃的東西，甜品還是不錯的，車輪餅也是用料豐
富，非常的實誠，值得一吃，也可以嚐嚐這裡的越南菜泰國菜之
類的。

　　八、兩岸之間有很多用語不同：

台灣	大陸	台灣	大陸	台灣	大陸
幼稚園	幼兒園	封鎖	河蟹	番茄	西紅柿
大專院校	高等院校	離譜	不靠譜	鳳梨	菠蘿
教學年資	教齡	有勁、很棒	給力	馬鈴薯	土豆
在職訓練	崗位陪訓	光碟	光盤	綠花菜	西蘭花
工作	上崗	軟體	軟件	泡麵	方便麵
領薪水	出糧	警察	公安	宵夜	夜宵
離職	脫產	公車	公交	免洗碗筷	一次性碗筷

　　九、在淡江大學研修，單論接觸到的淡大老師來說，感覺老
師相對比較自由，個性鮮明。大家有可能遇到性格微妙的老師，
也可能遇到值得銘記一生的良師益友。總體來說，在台灣上學比
較有趣一些。另外最好的一點是，學校老師一點都不吝嗇帶學生

出去參訪，參加實踐活動，有很多出去見世面的機會。老師也比較平易近人，相處得很舒服。

十、來台前可以辦華夏銀行或廈門銀行的銀行卡，可以在台灣自由提款，非常方便，但是華夏銀行過些日子，可能要收手續費了，能辦廈門銀行儘量辦廈門銀行。電話卡有很多學生套餐，大同小異挑一個就好了，套餐按天計算，一般是 120 天，查詢流量剩餘，如果是中華電信服務商的話可以撥打 539 查詢。

十一、台灣的旅遊業做的很好，到各個地方都可以拿到宣傳手冊，民宿也各具特色，宰客現象比大陸少多了，有空可以多去遊玩。另外台灣確實風景秀麗，污染也少，往中南部走走可以看到許多美景，還可以感受幽靜的田園氛圍，讓人十分放鬆。恰逢陸客減少，如果遇到台灣旅遊淡季，許多景點就沒什麼人，常常可以獨享美景，來研修的同學可以把握機會。去台灣不一定非要玩阿里山、日月潭，還有許多好景點可以開發。不過台灣不像福建那樣多雲，雲十分少，又不像北方是陽光斜射，直射的陽光非常曬，注意做好防曬。

希望學弟妹們來台灣多看多學，細心觀察以得到客觀答案。大陸確實還有許多地方要向台灣學習，希望各位能夠學到好的東西帶回家鄉。

祝學弟妹們在台灣結交良師益友，度過有意義的時光。

台灣研修之旅

韓宇琴

　　還記得來台灣的前一晚在宿舍床上輾轉反側，難以入眠，當時的心情我自己也說不出來，不知是害怕，還是興奮？亦或是別的什麼。但是當我第一腳走到淡水的大街上時，我並沒有那種遠離異鄉的異客的感覺，我反而覺得很親切，不過多久我就適應了這裡的生活。

　　來台灣已經四個月了，我喜歡上了這裡美麗的風景，也開始喜歡並期待上邱老師的課。但是當我第一次上邱老師的課時，老師站在講台上說教學計畫，我在下面聽得很害怕，也很拒絕，因

為我對老師說的內容感到陌生。我一直以為只有我這麼沒出息的人才會擔憂，後來我才發現我的同學聽完邱老師的教學計畫後也都害怕。但是大家都勇敢的接受了這個挑戰，以後只要上邱老師的課，同學們都拎著以前很不想拎的厚厚的筆記本電腦，整整四節課，也只有下課期間才能看到同學們玩手機。（要知道，以前上課大家很多都是玩手機或者一直在做自己的事）如今，期末已經到來，看著同學們自信地站到講台上報告，我想這就是大家的進步。

別的課程也都很有意思，我覺得在這些課上我都有或多或少的進步。說故事與創意的課程讓我的心態變得年輕，也讓我這個不擅長表達的、經常胡思亂想的人學著如何能有效地與別人進行溝通以及要以寬闊的胸懷去理解別人；影視娛樂產業概論課帶我欣賞了很多別的國家製作的優秀的節目或影視劇作品，打開了我的視野，讓我的思維更加開闊……

來台灣之前交過一份研修計畫書，我本來計畫的好好的，除了要好好學習老師授予的知識外，在課外也要多看相關的書，還要去別的學校體驗一下別的大學的氛圍；多出去觀察，瞭解台灣在文化創意產業等方面的優勢，也要瞭解台灣當地的民俗風情……然而現在學期快結束了，我做到的也只有上課盡可能地認真聽講，多出去「觀察」。不過在此過程中，我確實也是有些長進的。

我沒有好好地「體驗」除淡江大學以外的別的大學，但僅就

淡江大學來說，我覺得它一直致力於為學生提供一個舒適的學習的場所和創造濃厚的學習的氛圍，這裡的一切都是為學生能夠更好地學習而服務。圖書館不僅有豐富的藏書，而且有電腦，有可供討論的討論室，還貼心的為學生準備一個個單獨的書桌，在每座教學樓還有專門的教室作為列印、複印的地方，這些便利的設施能夠讓大家把更多的心思花在學習上……

　　這裡的老師也都很隨和、親切，我感覺老師與學生之間幾乎沒有距離感，不會給你一種威嚴的、難以接近的感覺，每個老師就感覺像是自己的朋友一樣那麼熟悉、自然，他們會主動幫你解決你遇到的問題；而且還會經常帶著同學去吃飯、聊天；組織學生一起出去「考察」；一開始我還不能適應這樣的改變，但是當我跟著李其霖老師出去「考察」三次之後，我慢慢的喜歡上了這種師生之間的相處方式。

　　不只有喜悅和進步，在這裡有時我也會感覺很慌張，覺得自己很渺小，什麼也不是，什麼也不會。有時上課的時候，聽著老師講的一些內容，別的同學都能和老師互動，而我什麼也不知道，這時我就很沮喪，感覺自己一無是處、毫無優點可言；當老師講到別的國家，別的地方時，我就覺得自己好渺小，台灣已經是我到過的最遠的地方，而且到目前為止，我都沒有走遍大陸的所有地方。雖然這些讓我沮喪，但另一方面，我感覺是它們在促使我進步。

在台灣的生活我感覺其實還挺安逸、挺美好的，除了黑色的專屬於報告的 12 月。我還記得我第一次去買飯，便當店的老闆一直都面帶笑容，很溫柔地跟我們交談，當我把錢遞給他時，他一直在說謝謝，最後他把便當遞到我手裡的時候，也一直在說謝謝，他們如此的禮貌讓我覺得很溫暖。後來我發現，不僅是在便利店買零食，在搭公交時上下車，你都會聽到、看到大家互相道謝，我想一整天都在車上忙碌的公交叔叔，他聽到這句話時肯定會更有精力地投入接下來的工作中。

有一點令我覺得很溫暖的是學校很關心我們的日常生活，在中秋節、冬至還費心思地為我們準備一個精彩的晚會，為了滿足南北方不同同學的愛好，他們還專門準備了湯圓和餃子兩種不同

文創閩台班「冬至湯圓晚會」
（攝影：陳美聖）

的食物；像這樣的細節和感動幾乎無時不刻在發生。正因為這樣，我覺得我在這的生活才會很美好和安逸。

而且我慢慢地體會到台灣是個多元文化融合的地方，我現在在台灣待的每一天都在見證著這一點。就拿我們吃的飯來說，不管是義大利麵、日本料理、韓國料理、大陸各個省份的菜還是泰國菜，你都會很輕而易舉的找到，而正因為它是一個多元文化的所在地，所以在這裡的各個國家的食物都不會是它原本的味道，而是經過改造後的食物。

因為在台灣各種文化你都能看到、感受到，所以剛到台灣一個月多吧，我就萌生出以後也要去更多更遠的國家去見識、體驗不同的文化的想法，我甚至立即在網上查了去英國的機票要多少

錢，還準備省錢，為以後去英國做準備。不過省錢的計畫很快就失敗了，因為我立馬就被台灣這些多元的文化所吸引，一直出去玩，很快我就破產了，不得不求助爸媽伸出援手。

除此之外，我覺得我接受事物和各種觀點的能力變得比以前更快，對於以前我沒見過的東西或事物我都變得很淡定。而且我現在也很喜歡去嘗試、體驗自己以前沒有經歷過的事，每次不等週末我就開始想往台北、宜蘭、嘉義等遠地方跑，一等到週末我感覺自己連覺都不想睡就急切地想出去玩了。不到兩個月吧，我的好朋友都說我這學期變得和以前都不一樣了。

很幸運在我的人生中能有這樣的經歷，我覺得台灣的家長都會很支持，並且鼓勵自己的孩子去體驗或是學一些他們喜歡的東西，而不會像大陸一樣，有些父母都是把自己覺得的對孩子好的東西強塞給孩子，不管他們喜不喜歡；我覺得這很棒，所以很感謝我的爸爸和媽媽讓我有機會能到台灣，讓我能自己去經歷。

能來到台灣，並在這裡生活是我人生中的饋贈，我想我現在體會到的、經歷過的、學到的都會是我人生中很寶貴的財富。

印記

主編：李研汐

一直想知道不同的人在相同的環境中會是怎樣的？或許來到台灣，變化更多的不是我們的眼界，而是內心。對當下的探索，對未來的思考，是有著愈加清晰的路線還是初現一個模糊的輪廓。

24 小時便利店的這邊，淡水河畔夕陽的這邊，捷運的這邊，有著美食與風景的這邊，圖書館的這邊，有 R 樓通宵的燈光這邊，是你的這邊，而不是生活的那一邊。

台灣，在這裡見新，遇見心。

給未來自己的一封信

郭立言

　　(。‧　‧)ﾉﾞ　嗨！展信佳呀！今天是來台灣研修的第 108 天，不知道你還記不記得在這裡的所發生的點點滴滴，帶來的改變⋯⋯其實說來也奇怪，來這裡最大的心得，倒不是更喜歡去嘗試陌生的事物，更喜歡我們班的每一位同學，更願意以寬廣的心態來看每一件事，而是電視這件事。

　　沒錯，就是電視。不知道你現在還有沒有堅持你的初衷？當初為之瘋狂的電視行業。

你曾嚮往沒有怨言，沒有懈怠的電視團隊，現在實現了麼？你曾無比渴望與一群志同道合的人在一起奮鬥，拼命，認真付出的模樣現在成真了麼？你曾堅守的去傳媒圈工作，做一個內容生產者的初心還在麼？。

回頭看這一年的大三生活，你大概會感到幸運又奇妙吧。來到台灣後，不僅在課程中學到了更多的專業知識，而且很多課程恰巧都擁有實踐的機會。所以你學習到了拍攝的角度和景別，棚內團隊該怎麼合作，導播台該怎麼操控，剪輯的連貫和節奏，綜藝的笑點設置和花字設計，拍攝寫真該怎麼引導該怎麼調色。（雖然都只是初級……但希望未來的你可以不斷地學習，不斷地進步……）

不知道你還記不記得這邊的老師曾說，「每做一件事情之前認為它一定是一個挑戰，可當真正開始實踐操作之後，會發現每一件事情實在是太有趣了。」

在這裡的這段時間，每多一次實踐便多一份慶幸，慶幸我喜歡的是電視，是傳媒。那之後我才明白，人生沒有簡單的事情，但也絕對不會有難到無法邁開腳步的事情。需要學習的東西有太多，但那也正是

我們要去努力的目標。我覺得人生實在是很有意思，未知的事情太多，但正因為這樣，生活也充滿了很多驚喜。

你還記得嗎？來台灣之前，你曾對自己的未來很迷惘，不是迷茫方向，而是你怕我喜歡的方向等你畢業以後就再也沒有市場了……之前你去旁聽電視相關的課程，去問很多從業者，去看相關領域工作者的社交媒體資訊，沒有一個人會跟你說，電視的未來是無限的。幾乎所有的人，都跟你說，電視將死。包括很多電視台的叔叔阿姨，他們總是極力的向你證明電視是沒有未來的，選擇電視不僅累，而且很痛苦。

但當你帶著迷茫來到淡江之後，卻發現，在這裡，只有很少人才會去跟你講電視其實是沒有未來的，你在這裡看到的，是他們對電視內容的一種熱情。不是電視的結果，而是製作電視節目內容的過程。不是一種哀怨，而是一種投入，專注。

未來怎麼樣，又與我有什麼關係呢？在內容為王的時代，難道把內容做好不更是一種生存的技能麼？

我有一個傳媒夢。但知道這件事的長輩卻不那麼支持，因為傳媒這件事情實在是太苦了。這我知道，但我還是很喜歡。最讓我內心煎熬的是我下定決心準備報考傳媒專業的研究時，遭到了我家人的強烈反對……我覺得這個世界最悲哀的倒不是你很想做一件事，但你當下只有三分能力，而是，你明明很堅定的事情，卻沒有一個人可以理解你為什麼這麼堅定……

　　但這段時間，一位老師對我們分享了她日常生活的模樣，在我們好奇老師怎麼能這麼忙卻依舊可以把生活過得燦爛時候，老師回答，因為甘願。這句話我久久都沒辦法忘記。我對自己說，我總要自己試一試吧，認認真真的拼了命的去努力，就算最後失敗了，可是，那我也甘願。

　　在浮躁的社會中享受過程帶給你的歡喜，帶給你的成長，不是只注重結果，而是專注於內容本身，有著無限的熱情與好奇。享受每一次未知的挑戰，用盡全力去努力，更樂觀的面對生活。但願未來的你可以變成如此模樣。

　　2016 年末的郭小包（希望未來的你不要再是包子臉了吧……）

2016 年 12 月 30 日

拍照中的郭小包

和寶島的相遇

史雅萍

2016.9.12 落地台灣，開啟大三這年的台灣之行。

　　小時候對台灣的印象是偶像劇《王子變青蛙》《愛情魔發師》，後來對台灣的印象是周杰倫、蔡依林的歌曲，再後來就是地理課本上的那座寶島，那個時候都沒有想過自己有一天會在台灣念書，直到拿到大學錄取通知書，才相信大三會來到台灣。大一大二有過無數的想像和好奇，在來之前心中除了期待還有害怕，期待一個新的生活，害怕面對陌生的環境。落地之後，關於台灣的所有想法都歸零了，不想用一個先入為主的概念去評價，所以不如用歸零的態度，把自己打開去接受新的東西。

兵荒馬亂

　　早上 5:00 起床，趕往福州長樂機場，9:00 搭乘飛機，10:25 到達桃園機場，49 個人拖著行李，換台幣，買電話卡，總之折騰了好久，到了淡江學園，交住宿保證金，領寢具，49 個人的行李排在學園外場面壯觀 …… 入住宿舍，開始採購生活必需品，看到商場裡的價格之後，真是後悔沒有多從大陸帶東西過來。第一頓飯在 7-11 吃，早聽說台灣的便利店功能很強大，看到那麼多便當真是不知道該吃哪一個（剛來的時候，午飯總是會選擇便當，後來發現不管吃什麼都是一個味道）。

淡江大學

　　早上樓下集合，由家爸家媽帶著來到了學校，淡江大學的好漢坡真的和福師大不相上下，一進校園感覺到很舒服，這種舒服就是你可以在校園裡待一整天都不會膩。

　　老師上課的方式和大陸不太一樣，沒有太多規矩，和學生也很親近，一開始會有一點不習慣，久了就發現這樣上課會更有活力。剛來的時候對學校周圍還不太熟悉，第一天下課就回到宿舍待著，宿舍樓的東西也很齊全，自從有了脫水機，媽媽再也不用擔心我衣服乾不了，微波、烤箱、吐司機，電磁爐 …… 宿舍讓我有一種家的錯覺，樓下的保安大叔人也超級好，總之，我深切的感受到台灣最美的風景是人！

台北！台北！

第一個週末，當然是去 101 大廈，作為台灣的地標性建築，101 是所有人的第一站。台北果然是繁華的大都市，在附近逛了一圈，全部都是百貨商場，沒有哪個女生不愛逛吧。說起來同樣是大都市，台北和上海卻是不一樣的感覺，台北的都市裡有一種自由的氣息，不像上海那麼有距離感，你可以在街邊的咖啡店坐一下午，看看街上來往的人群，感受都市中的慢節奏。

淡水不大，故事不少

來到淡江，最大的感受就是這裡很溫暖，院長和老師都非常照顧我們，特地為我們準備了始業式，院秘書江姊為我們準備了好多吃的，還有準備了各種遊戲和小禮物，雖然離家 2,000 多公里但是依然有一種被媽媽照顧的溫暖。

住在淡水，最常去的地方依舊是淡水老街了，觀音山不管什麼時候看都是那麼美，早上坐捷運看到陽光下的淡水河波光粼粼，山水相連，賞心悅目；夕陽下的淡水河多了一份故鄉的溫暖，結束一天的疲倦，在淡水河邊看著落日，彷彿時間都靜止了。這裡的人很會放鬆自己，不管平時多忙碌，總會抽出時間來讓自己置身於大自然，享受忙裡偷閒的日子。

在台灣慶生

2016 年 10 月 1 日，我 21 歲，恰好和祖國母親的生日同一天。高中的時候很流行的一部電影《那些年，我們一起追的女孩》裡面讓我印象很深刻的場景是男女角主放天燈，所以我們特地去了取景地十分。第一次坐台鐵，發現不用買票，刷悠遊卡就可以進站，有座位就可以坐，更有趣的是台灣車站的名字，以前很愛聽聽梁靜茹的歌，其中有一首《暖暖》，後來發現真的有「暖暖」這個站，路過這個站會不自覺哼出「打從心裡暖暖的，你比自己更重要」。

那一天我們坐著平溪線的小火車從菁桐到貓村，走了好遠找到藏在深山老林裡的十分瀑布，周邊群山環繞，瀑布傾瀉而下，走近之後水花飛濺到臉上，感覺和大自然更親近了，十分瀑布的

九層塔

人沒有很多，等我們回到十分火車站，來自韓國、日本還有大陸的遊客已經將十分的火車道占滿了，大家都在天燈上寫下對自己對家人的祝福，我也不免俗的在生日這天為自己寫下生日願望，期望自己在台灣可以學有所得。最後一站到達貓村，那時候已經接近傍晚，如其名，村子裡都是貓，而且也不怕人，我本人倒是對動物沒有什麼特別的興趣，不過路上遇到一隻 45 度角仰望天空的貓，高冷之姿，我們怎麼逗牠都不理。後來可能是覺得我們太煩了，就自己離開了 ......

老師好！

來到淡江接觸最多的就是老師，不同的老師教會我們各種不同的東西，也改變了以前的很多想法，比如：秋霞老師告訴我們，要同時做三件事而不是專注於一件事，就算每件事情只做到了 80 分，最後也會有 240 分的收穫；邱老師身體力行的告訴我們做事情要認真，事情來了要勇敢面對；馬老師告訴我們一定要開拓自己的視野；萬老師充滿活力的課堂深深吸引我們的眼球；薇薇老師告訴我們年輕的時候就要做些瘋狂的事，這樣老了才不會後悔⋯⋯

不過這些老師教會我們的東西裡，最好實踐的還是薇薇老師的。期中考完試後我和我的舍友去了花蓮玩，我是屬於旅行沒有計劃的那種人，想走就走，馬上行動，而且也沒有任何規劃，我喜歡這種沒有目的的旅行，這樣可以看到更多的風景。早上做台鐵去花蓮，剛好碰上一個韓國旅行團，一整個車廂都是韓國人，讓剛看完《屍速列車》的我有點害怕，我們倆還被認成是香港人，到了花蓮之後，遇到了超 nice 的房東大哥，他建議我們兩個騎著電動車出去玩，台灣的機車很多而且速度也很快，我們是有點害怕，但是還是選擇試一下，在出發的前一天我們突發奇想去騎 Ubike，算是為我們騎電動車熱了身，學了幾分鐘後，老闆就說我們可以自己上公路了，剛開始我們小心翼翼，害怕身邊飛馳而過的機車，後來越騎越開心，速度也越來越快，雖然是陰天，可是看到太平洋的時候整個人身心開闊，第一天騎去了七星潭，晚上穿過繁華的中正路在夜市吃吃喝喝，第二天直奔清水斷崖，晴

天下的太平洋美得簡直不像話，每一片海都不同，花蓮的海十分浪漫，一點污染都沒有，藍的讓人心醉，想把這片蔚藍大海打包帶回去給父母看！

最後……

這半年要感謝的人太多，不管是老師還是同學亦或是素昧平生卻給予幫助的陌生人，都讓我感受到這片土地裡生長出的溫暖和熱情，被關照的日子很幸福，從台灣人身上體會到了匠人精神，以前覺得台灣很小，現在覺得小而精緻，你不知道什麼時候會有驚喜出現，這片小小的土地蘊含著你想不到的魅力，這裡的人那麼善良，那麼熱情。

我想我一定會再來台灣，再來淡江，帶著父母，那時，或者天晴，或者下雨……

害怕再見的夕陽

站在塔頂看日月潭

阿里山上沒有姑娘

台灣生活隨感幾則

陳成國

文學館前的松鼠

一、沒有預料中的差，也沒想像中的好

　　來台灣前，父母十分擔心我在台灣的安全，既有自然方面的因素，也有非自然方面的因素。一看到手機上推送的台灣地震或是颱風的消息，就緊張得不行：「那麼多自然災害和問題，你去台灣會不會出事兒？」

登機前我給爸爸發了一條消息，大體是說我已經到機場了，現在要登機，等等就會把聯通的卡凍結，到台灣連上 Wi-Fi 前是沒辦法給他們報平安的。爸爸說知道了。我以為他不擔心了，反正也只是幾個小時內聯繫不上。到台灣已經是下午，在學長姊的幫助下領了東西、整理好了宿舍。再次連上 Wi-Fi 是 R 樓的公共無線。那時看到了微信上好幾條來自他的消息，每隔 1 小時就幾條。我告訴他放心，這裡的人說著和大陸一樣的語言，有著同樣的面孔，還有熟悉的建築和公路，在大陸打著台灣特色的雞排和奶茶更是隨處可見，這裡的人大部分都很友善，其實和大陸沒什麼差別的。他要求我每天都給他報一下平安。所以前兩週每天晚上都得發個消息給他。

現在已經生活了三個多月，碰到地震三次，颱風兩次，然而並沒有什麼想像中的「牆傾楫摧」，甚至台灣的颱風還不如在福州強烈。剛開始要兩天打一次電話回去，現在只要每週五晚語音就好了，他們是真的放心了。

一切都在磨合中，飲食也不是很習慣，本來還以為能夠大快朵頤的，然而並不能。當陌生不再新鮮有趣之後，剩下的就是無盡的習以為常。

二、 台灣的面積小，人口密度大，高素質人才多

於是就有了這樣的一個結果：單位面積上分佈的優秀人才多。也許今天你隨處接觸的一個人，可能就是五百強公司的前高管或

者是上市公司的董事長。捷運上和你同一車廂的人，左邊可能是某某大學的教授，右邊可能是著名的作家，對面可能就是某個公司的董事。下捷運，剛從你面前開過去的一輛本田，可能是有著好幾家公司、身價上億的富翁。

他們必定都有獨到的見解和極其專精的領域。他們有著豐富的人生經歷，手上握有眾多的資源。常和他們交流，可以瞭解他們對過去的總結，對當下的把握，對時局的看法，對未來的預測。他們憑借自己敏銳的直覺和獨到的眼光洞察著這個世界的走向，敢於充當潮流的弄潮兒，以自己獨特的行為詮釋著自己對命運的看法。這是那一代人的光榮與擔當。他們亦師亦友，圓融通達，願意用心培養後代，這是極其值得敬佩的。

三、這裡的層級好像消失了

在大陸，我們無法想像任何人都能夠享受咖啡，咖啡不僅是一種飲料，更是一種文化，一種階層的象徵。在台灣可以，他們進行融合，在咖啡面前顯得是那麼平等。無論是買完菜的家庭主婦、環衛工人，還是精英富豪，都能夠享受一杯咖啡。就像在 Night in Paris 的椅子上，有著嘮著家常的婦人，有著談論時局的壯漢，有著工作的白領，也有著學習的學生，無一例外的就是他們的身前都擺著一杯咖啡。沒有誰認為咖啡專屬某個階層，也沒人認為奶茶是不入流的東西，一切都那麼地和諧。

大家想買衣服包包的時候就在淡水找各種店，有趣的是店鋪

並沒有區分得極其精細。「新生活書局」幾乎什麼東西都賣，相當於大陸那種三樣十元店或者非正規的小商品超市，裡面賣文具用品、洗漱用具，包裝簡陋，東西大多是勉強堪用而非精緻，裝修格調也不高。裡面還有東南亞進口的薯片、星巴克的瓶裝咖啡、曼秀雷敦、耐克阿迪達斯的包包。東南亞的薯片應該在進口零食店供奉著，星巴克的咖啡只應該在它濃郁的咖啡香氣包圍中慢慢品嚐，曼秀雷敦怎麼也應該在正式的櫃子上擺著，耐克、阿迪達斯的包包更是非專賣店內不可二處的，然而這些商品就是在那麼一家不入流的小商店裡面同時出現，協調自然。我們應該要反思我們的觀念到底出現了什麼問題。

四、我接觸的台灣青年基本都有一個共同的特徵：有觀點。

無論是什麼事，他們都有自己的觀點，而且這種觀點，大多都是建立在深思熟慮的基礎之上，他們立足現實、從理性出發進行自己的思考，並且能夠自圓其說，對事物的理解有自己的一套體系和看法。他們能夠透過事物的表像，深挖其內涵，抓住本質，繼而闡述自己的觀點和準備採取的相對應的行為。

這裡有兩個例子。其一是關於近來的同性婚姻的合法化，一次夜談中聽到他們闡述自己的看法，他們對同性婚姻合法化是不反對的，佛洛德對同性戀進行過研究，他認為這種情況在人類中是正常的。從情感上來說，只要是雙方存在那樣的相互吸引，那就有婚姻存在的基礎；從法律上看，什麼是婚姻，那是一種人際

間取得親屬關係的社會結合或法律約束，是雙方財富、心理和生理的結合，其中並沒有指出非得一男一女不可，在很多法律上的用詞用的是配偶而非丈夫或妻子，這就是典型的例子。我們普遍認為的婚姻，是一種約定俗成的男女結合，然而並非法無禁止即可為同性婚姻，只不過是把同性婚姻合法化而已。我問，如果某人是雙性戀，會不會造成很多社會問題，他們回答：既有同性伴偶又有異性伴偶那是個人風氣問題。其二是對一些事物的分析上，假如今天你的某位領導和你說了你另外一位領導的壞話，你該怎麼處理兩者間的關係。他們也極其敏感和圓融，他們首先思考，為什麼長官和你講而不和別人講，是只和你講還是和所有人都講。其次你的領導想通過你傳達出什麼信息，他絕對不會無緣無故和你說，他有什麼深意。該不該把這話告訴你的另外一個領導，這會造成什麼效果，領導會怎麼看待你這樣的作為，這是極其成熟的處事方式。

五、台灣最重要的是感受台灣的國際視野

離家前我去拜訪了台灣來家鄉做生意的伯父，問問他的意見和注意事項。他告訴我，在台灣最重要的是感受台灣的國際視野。當時我不以為意，台灣那麼小的一片地方，四面皆海，有什麼所謂的國際視野？

在這裡生活越久，和長輩們交流越多，對台灣越加暸解才發現自己錯了。這裡有著太多的國際色彩。正是因為地少，所以才需要往外的發展。正是因為製造業受擠壓，才要轉型升級。從老

一輩的創業者中可以看見一種覺悟：打國際杯的比賽。他們的目光不再局限於台灣或者大中華地區，而是放眼全球，進行業務擴張和發展。所以，這裡有著宏碁戴爾，有著捷安特美利達。以捷安特為例，捷安特見證著台灣自行車產業的發展，在初期，捷安特發展迅速，後來隨著大陸製造業的增強擠壓自行車製造市場，外國也對這塊市場虎視眈眈，捷安特轉型升級，利用技術和專利成功殺出一條血路，成就了現在的自行車霸主地位，暢銷全球 50 多個國家和地區。

其實關於國際視野，可以用一個比較不恰當的比喻，因為陸地比較小，車也跑不了多遠，所以車就算了，還是買遊輪和飛機吧。

台灣經濟會繼續堅挺的，因為有著紮實的工業基礎、相對領先的技術、高水準的人才和寬闊的國際視野。

海上遊輪

大三那年，我在台灣

唐彬瑤

　　一直以來都想出去看一看，想看看外面的世界怎麼樣，不是那種走馬觀花式的旅遊，而是能在另一個不熟悉的環境中生活一段時間，體驗不一樣的風情。趁年輕，早點看看外面的世界是一件好事，但是父母一直以女孩子獨自一人在外不放心的理由不讓我出國，在填大學志願的時候看到「閩台合作項目」，可以在大三來台灣研修一年的機會，我和父母幾乎是毫不猶豫地達成了共識。即使台灣仍是華人社會，但歷史的進程讓我們的生活方式、社會形態都有些不同，來到台灣，深刻地感受，認真學習，也認真生活，收穫美食與美景，收穫濃濃的人情。

　　來台灣之前，一家大小都對我依依不捨，彷彿我要去到一個很遙遠的地方，但事實上我本身從初中就開始住校生活，從浙江到福建讀書也已經兩年了，在生活自理方面早已不成問題。而這一年不過是越過了一道海峽，換了一個新的環境，離家稍遠一些而已。不同於其他的研修生，我們閩台班來台研修是一整個班級一起來的，身邊有幾十個小夥伴的陪伴，在心裡更多了一些底氣，再加上我在兩年前來過一次台灣，再一次踏上這塊土地的時候，心中有了一份久違的感覺。

　　在師大的兩年時間，學業壓力不算大，從高考之後也越來越放鬆，甚至快要墮落，幾乎忘了真正的學習。到了大三，開始要

考慮未來就業的問題，就要更加投入專業知識的學習，而台灣擁有與大陸不同的學術氛圍和教學方式，我們更應該學習與過去不同的觀點和知識，為未來積蓄力量。福建師大文學院本身就是一個學風嚴謹，具有學術氛圍的學院，在這一方面，來台之後發現，台灣的同學們相較於我們，學習心態更加輕鬆。

但不得不說的是老師的個人魅力。很多人都已經習慣了大學課堂上老師百般無聊地唸著課本上的知識，然後學生各自低頭滑手機，或是一些老師希望用幽默感吸引學生，卻只是調動了課堂氛圍卻沒有讓學生抓住知識重點。

讀大學至今我最喜歡的老師就是邱鴻祥老師了，他用他豐富的專業知識內涵和個人魅力征服了我們整個班級的同學。每週一下午邱老師連上四個小時的課，但從頭到尾他都保持一樣

高昂的精神狀態。曾經有研究表明，一節 45 分鐘的課堂或講座，能讓台下的人有 15 分鐘時間保持高度集中，就已經是成功的了，那麼，在我心裡，邱鴻祥老師應該是無比成功的。

過去我常常在課堂走神，偶爾抬頭看看老師，偶爾低頭回回訊息，這是常有的事。但邱鴻祥老師講課時候的聲音和語調，或是有一種特別的魔力，會讓你自動放下手機，邊聽著，一邊快速地記錄下要點，一節課的時間也再也不像過去那樣難熬，好像在講過幾個知識點之後就快速下課了。四個小時的「乾貨」來襲，每週一傍晚下課後大家總是直呼好累，可又確實覺得這樣投入的學習讓人感覺「好爽」。

同時邱鴻祥老師的個人魅力不可小覷，他永遠一身唐裝，偶爾帶著扇子，有時甚至用他和他夫人的趣事，或是他工作出糗的

故事，來加深我們對知識點的理解，大家在哄堂大笑中也記住了一個知識點的運用。不止是邱鴻祥老師，還有很多老師，都越來越改變我對大學老師的看法，尤其是作為文創學程的老師，一定要走在時代的最前沿，一些大陸的老師年紀大了之後難以快速接受新事物，但在台灣遇到的老師，不論年紀大小，都似乎跟學生之間的距離更近，更容易接受新事物，我想這應該是海峽兩岸的差異，至少在文創專業，大陸是需要向台灣學習的。

說是來台灣研修，對我來說，倒不如說是遊學。學是重要的一部分，遊也是不可或缺的一個環節，台灣的美食與美景當然不能錯過。我在高考之後的畢業旅行就跟同學來過台灣，作為觀光客遊過最知名的台北 101、阿里山、日月潭等，但這一次，長達一年時間，應該要去更多的城市，更深入地瞭解這塊土地，吃更地道的東西，更多的是感受這裡的人。福建作為與台灣聯繫最為密切的省份，其實在福州我們也吃到過很多台灣小吃，大腸包小腸、蚵仔煎、鹽酥雞等等，但台灣的夜市文化算是台灣靚麗的一道風景線。台灣人的生活悠閒，很多小店和攤子都在傍晚才會開門營業，也因此形成了特色。走進夜市，四處都是美食的香氣，對於我這樣的吃貨根本是難以抗拒的，總是左手吃的，右手喝的，嘴裡還叼著東西，一邊又衝向下一個攤子。

早就聽說台灣人的熱情，從一下飛機踏進這塊土地就能感受的到。來淡水的第一天，就在宿舍樓下吃一碗簡單的滷肉飯，飯店的老闆是一個大概五六十歲的阿姨，她一聽我們的口音就知道我們是從大陸來交換的學生，她特地給我們送了一些吃的，熱情

地跟我們聊天，問我們什麼時候來的，要待多久等，最後還自言自語地輕輕說了一句：「我不能跟你們關係太好啊，要不然等你們走的時候我就太捨不得了。」來台灣的第一天，沒有在異鄉的孤獨，而是在收穫暖心。

假期出去旅遊的時候，每一次住的民宿，都會碰到熱情的老闆，一聽說我們是大陸來的學生，就會更加積極地向我們推薦當地的景點和美食。最能侃的應該就是台灣的計程車司機，我在台北、台中、台南都搭過計程車，碰到的司機多為中年的男人，他們總是會詢問我們從大陸哪裡來，常碰到祖籍在福建的司機，我們互相都有一種遇到老鄉的親切感，哪怕他們不一定真的回過福建，他也會向我們打聽福建的現況，就宛如一家人。

漁人碼頭的日落

　　除此之外，他們也都會侃侃而談自己年輕時的經歷，給我們講述台灣這些年的變化，跟這些司機聊聊天，感受台灣的市井文化，也覺得自己對台灣更瞭解了幾分。還有，這裡的每一個人講話都是溫柔的，一句「謝謝」隨時掛在嘴邊，哪怕是幫了我的忙還要對我說謝謝，常常讓我很不好意思，不管多冷漠的人在這樣的環境下都會變得溫柔愛笑吧。

　　來台研修的日子過得很快，轉眼一半旅程就要結束，對這個地方慢慢地適應、習慣，並且喜愛。在未來的半年裡，還有好多知識需要學習，還有很多眼界需要開拓，還有很多美食要品嚐，還有很多美景要欣賞。未來，出發！

墾丁南灣的沙灘

我在台灣很好

王藝萱

　　轉眼之間，我作為福建師大文學院閩台合作項目文化產業管理專業的大三學生，赴台學習和生活已經半年有餘，有些感受一定要分享。

一、課業

　　在台灣修的課，每一門都讓我覺得很有意義。比如薇薇老師的「說故事與創意」。我所在的第二小組是由朱思奇、黃麟凱等同學一起組成的。我們小組的人向來聊得來，第一次聚餐就聊到了晚上9點多，可以想見如此志同道合的我們製作報告的過程是何等融洽和順利噢。

　　小組初次討論是邊吃邊進行的。熱騰騰的小火鍋真是烘托氣氛的高招，大家充滿熱情地討論著劇本，一個個氣色紅潤、笑容滿面、妙語連珠、創意泉湧，完成了第一次討論；當然，也在這樣的氛圍中確定了演員、導演、編劇、道具的人選。

　　我們組有兩個文筆特別好的同學——朱思奇和蘇麗婷，我們知人善任，於是讓她們就扛起了寫劇本的大旗；慈葳有做道具的經驗，準備道具非她莫屬；麟凱作為全組唯一的男生，自然而然出演男一號；一銘溫柔小巧，符合女一號的特質；我的身高和女主角很配，又沒有溫柔的特質，符合女二號的選角；海容就成為了我們的導演。

　　第一次排練男主因為上課沒能到場，我就和女主排下面的戲。說實話真的蠻尷尬的，我雖然長得高，可內心也是個小公主啊，要我抱著一顆直女心來演女同性戀，分分鐘笑場。可惜外形條件限制，只能拼命讓自己忍住不笑場，哪怕起了一身雞皮疙瘩！

台南文創園區

　　我們邊排練邊完善劇本，儘管日臻完美，但報告當天我們依舊很緊張。真的上了舞台，我的心卻安定了下來，畢竟排過很多次，感覺來了擋也擋不住。結果是我們三個主演超水準發揮，為老師和同學呈現出了一個唯美的小故事。經過大家投票，我們組拿了第一名～

二、台灣朋友

2016 年 12 月 31 日，兩個我最好的台灣朋友要帶我去跨年烤肉。

加入烹飪社大概是我來台灣做出的最正確的選擇。在烹飪社，我不但能跟大家一起在說笑打鬧中完成一個又一個美食作品，還能學到不少新東西讓我回家之後給爸媽露一手。最重要的是我認識了兩個我最喜歡的朋友——戒指和鮪魚，他們帶我融入烹飪社、帶我融入淡江，每週都要帶我去吃淡江附近的好吃的。可能彼此之間的氣場高度契合吧，從最初我就感覺到他們身上有一種神奇的魔力，我在他們身邊看著、聽著、吃著、感受著、存在著，連呼吸都輕快順暢了。其實，To be honest，在來台灣之前，我從一些影視劇和綜藝節目中得到的印象是：台灣男生說話都是嗲嗲的，讓人受不了。可瞭解了他們之後，我知道台灣男生的溫柔當中包含了教養、素質、謙和、包容和擔當，總之很有魅力就是了。

在臨近期末的這一週，我們的每一門課基本上都要做報告，大家都忙得天昏地暗，我連著一個星期每天夜裡 1、2 點才能上床睡覺，都忘了跨年這回事。等到想起來的時候，我和朋友們已經訂不到可以外宿看煙火的住處了。本來已經做好在午夜的台北街上遊蕩的準備了，可是鮪魚聽到了我說「跨年該何去何從」之後就叫我一起去烤肉。可能對他來說叫我來只是一個小小的行為，可是對我來說，真的好感動好感動。在離家千里的台灣，學期內回家基本是不可能的事情，雖然我外表看上去是個堅強的北方姑

娘，但每逢佳節倍思親嘛，我還是會在張燈結綵的時候想念遙遠的家鄉。

「你別再熬夜啦，吃多點補補身體。」

「別再減肥，吃那麼少。」

　　……

「你們這麼好，等我回去以後會超想你們的。」

「沒關係，想我們就去找你玩。」

「你們不來就揍你們。」

請你們一定要來哦，不管你們在哪裡落地，我保證你們出了機場第一個看見的人一定是我，然後給你們一個大大的擁抱。

三、新體驗

來到台灣之後我參加了許多之前沒有體驗過的極限項目。

21 歲生日那天我重裝上陣，挑戰了滑翔傘，從山上飛下來的瞬間，我覺得這世界如此之大，自己渺小得像一顆沙粒，縱有萬千煩擾皆可輕輕拋去。

水上衝浪板與新學期結伴而來，原諒我，我只是在水上勇敢地站了起來，距離瀟灑自如地乘風破浪還有很大差距，我安慰自己說，衝浪的事可以慢慢來，有志者事竟成嘛。

期中之後，為了放鬆，大家一起去了六福村遊樂園。「少不更事」的時候去過北京歡樂谷，玩了一些自認為非常刺激的項目，所以我想當然地覺得自己這一次也沒問題。誰知道在坐上「老油桶」的時候身體是不會騙你的，天，我真的不是初生的牛犢了，心臟被掏空，頭腦旋轉不停……雖然一度有要吐的感覺，卻還是努力調整意念，盡力去享受那一瞬間的快感。

不要擔心，我在台灣很好。

後記：剛到台灣時，我竟然還因為飲食方面的問題跟爸媽哭了一場。一是因為早餐，這邊的早餐大多都是西式的。一大早就吃油炸食品，讓我的胃很不適應，我竟然很想念以前在家都不肯吃的白粥、想念驢肉火燒、想念煎餅果子、想念羊湯燒餅。二是這裡遍街都是炸雞奶茶，這對我一個從小被媽媽嚴格控制飲食的人來說，簡直是地獄。因為不經常吃，看著就噁心，聞著更別說了。那段時間真是為了吃一頓可口的飯走多遠都不嫌累。但是，入鄉隨俗使我慢慢適應了這裡的甜，這裡的柔，這裡的油炸 everything。

我在高雄駁二藝術特區盪鞦韆

大三，我在海峽的那邊

黃君

比西里岸的木羊

世上之事，總是無巧不成書。

我是連江人，就是那個兩岸共同管轄的連江縣。再縮小一些範圍，我從小生長的黃岐，就是那個近得可以看到馬祖列島的黃岐鎮。

小時候，爺爺常帶著我到碼頭邊散步，告訴我海那邊的那個島嶼，就是台灣。其實，小時候懵懵懂懂，連東西南北都分不清，我一直都不清楚爺爺說的方向是哪裡，更別說看到馬祖了。

那個時候，我大概想不到，有一天，我居然會到海峽的另一邊來眺望自己的家鄉。雖說眺望家鄉，我更多的應該是四處遊玩

吧，想著哪天可以到馬祖島上看看黃岐，而這個願望至今還沒實現。

如今只能記下些遊玩的經歷，聊以自我安慰。

初識台灣：淡水

初到淡水的時候，面對著淡江學園對面那一排低矮的小商店，我的內心其實是有些複雜的，心中自嘲著，我們終於從「城鄉結合部」搬到「鄉下」了。那時，我最不能習慣的大概就是路邊沒有人行道，而機車又多，就這麼「轟轟」地開過來、騎過去，實在讓人膽戰心驚。不過，這裡也有些令我懷念的東西，比如在福州被拆得差不多的騎樓。每當烈日高懸或是大雨滂沱的時候，我就特別慶幸有它們存在。

大約是臨水，淡水的夏天還算沒有那麼難以適應，溫度總是會比城市中好受一些。然而，一旦冬天來臨，陰沉沉的天空加上呼嘯的冷風，這日子便變得異常難熬了。人類總是可以苦中作樂的，這天氣雖冷，我們也找到了一絲慰藉——從福州帶來的麻辣鍋的火鍋底料。

約個日子，去黃昏市場買幾斤肉，一些菜，借了口大鍋，接了半鍋熱水，再悄悄地把電磁爐移到 R 樓交誼廳的桌子，就可以開一場火鍋盛宴了。鮮艷的紅湯上漂浮著顆顆辣椒，麻辣的香氣四處飄散，頓時便覺得渾身都暖了起來。此時，總會有上樓來洗衣服的同學，聞到香味，看了我們一眼、一眼、又一眼。

　　和台灣別的地方不一樣，只有淡水是靠我一步一腳印四處走過的，因此經常發現一些奇怪的小巷和奇怪的店。想來，除了連江縣城以外，淡水或許就是我最熟悉的區了吧。即使，初見時覺得有些破敗，但一旦適應了，這也是一個很棒的地方。

意外的出行：富基漁港

　　到台灣不久之後，我就因在大陸的某個課題，不得不離開淡水，和同組同學出門考察。

　　我們選的地方是富基漁港。於是，我們便順著 Google 大神的旨意，搭上公車大清早就暈暈呼呼地到達了目的地。而我們到的實在太早，村中只有寥寥數人，店鋪也大門緊閉。那毒日高掛，陽光刺人，富基村雖海景迷人，也無法抵禦「秋老虎」的強威。無奈之下，我們只得一路北走來消耗時間。

　　機遇巧合，在走過彎彎曲曲的小路後，我們遙遙便見到了一座白色的燈塔以及周邊建築。近了一看，竟是富貴角燈塔。原來我們就這麼走到了台灣島的最北角。最北端的海風果然不同凡響，吹得我們頭髮繚亂，陽傘翻身，耳邊充斥著的淨是「呼呼」的風聲。

　　回去的路上，恰逢白沙灣的國際風箏藝術節。既然遇到了，我們肯定是要湊個熱鬧。就這麼一時興起，我們便奔向沙灘。沙灘上人潮湧動，比人更多的是插在地上或飛在空中的風箏，幾乎可以組成風箏潮了。這麼多數量的風箏，也是我生平第一次看到。

　　白沙灣是個十分適合一群人假日遊戲的地方，只可惜那天我們為了考察，都沒有穿拖鞋出門，只得站在棧道上，不能下去嬉戲玩水。

初次遠遊：台中

　　光復紀念日期間，我和一個同學相約去了台中。

　　我們原計劃是去日月潭觀光，可惜訂旅館的時間太遲，只得改去台中。可是，她依舊想去日月潭，我自然不會捨命陪君子，睡覺才是最重要。於是，第二天我們便分道揚鑣，她去日月潭，我逛台中市。

　　由於我在大陸曾學習劍道，聽聞台中有個日據時期留下劍道演武場，便興沖沖地跑了過去。因為太過興奮，竟然做出了下公車時忘記刷卡這種窘事，幸好有司機先生的提醒。

　　那個演武場現在改名叫道禾六藝文化館[1]，主體依舊是那個刑務所演武場。或許我去得太早，演武場內並沒有學生在練習。我趴在窗外看了許久，想起福州那個小得練習時總是不斷撞到牆上的劍道館，心裡不禁一絲羨慕。

　　離開那兒之後，我朝著國立美術館的方向前進，路經一個不知名的小巷，扭頭一看竟是一排日式建築。沒忍住好奇心，我小心翼翼地推開拉門，才知道自己無意間走到了台中文學館的後門。

1.註：道禾六藝文化館— 崔征之文章（68頁）。

和那裡的工作人員攀談了一會兒，又認真地瞭解了台中文學史一番之後，半天便不見了。

在台中的最後一天，我們又合流，坐著公車去了高美濕地。說道高美濕地，最美的就是夕陽了。只遺憾那段時間颱風將來，高美濕地一片霧濛濛，最後還下起了雨來，即使我已有先見之明，多穿了一件外套，還是冷得瑟瑟發抖。況且，我們也沒有想到濕地的風竟然有如此之大，走在木橋上時時刻刻都彷彿要化翅而飛，那風幾乎讓人可以具象地看到它的形狀。於是乎，沒有心理準備的我們，就只能在濕地裡頭髮繚亂且愉悅著。

遲來的相約：九份

作為身在台灣的福建學生，最大的一個好處大概就是，有幾個在台讀書的老同學了。和在台北的小學同學幾次相約不成，就這麼一直拖拉到了後半個學期，終於一起去了九份。

那可真是多災多難的一天。

起了個大早，迷迷糊糊地達到台北車站後，我便下意識地按我平常習慣的出口出了捷運站。出去了之後才發現，我的友人在 B3 的台鐵軋機前等我，可是我在無法到達 B3 的 B1 層，而我的車票也在她的手裡，導致我無法從 B1 穿過台鐵站找到她。就這麼手忙腳亂折騰了半個小時，我不得不再次進入捷運站去往 B3。乘了台鐵到達松山，更是被 Google 大神帶得找不到公車站。

　　無論如何，我們終究是順利到達九份了。

　　依山而建的鱗次櫛比的房屋的，從任何一間房屋都可以眺望到碧海藍天，實在是讓人忍不住想慢下來，待在這兒好好地喝一個下午的茶。

　　可惜想像總是美好的，那天明明是個工作日，九份卻依舊是熙熙攘攘的人頭湧動，真是讓人恍然以為是哪個節日假期。

　　在台灣的日子總是過得很快，覺得還沒出遊過幾次，便一晃到了期末。雖然平常不會特意去想起，但近來越發經常回憶過去的一些事，一些人。

　　從前在家鄉時不能體會得太多。如今過了海峽，在淡水河口眺望著茫茫看不到邊界的大海時，我才更能體會于右任先生在《望大陸》中所燃燒的熾烈情感，那夾雜著思念和隱痛的複雜情感。

　　當然，我並沒有到有家鄉卻回不去的窘況，只是那份鄉愁，似乎在渡過海峽時被海風吹得更加濃烈了。也許是因為淡水和我的家鄉某種意義上實在太像，在城市中見不到海便未曾發覺，但每次走到淡水河的入海口，我總是忍不住回想起，我那多年未回的老家，我在那波光粼粼的海邊嬉戲的童年，以及很多在我記憶中已然模糊的人與事。

九份

205

寫在福爾摩沙的記憶

張鶯楠

　　人生恰似一場旅行，今年，我的下車地在台灣，與傳說中的福爾摩沙做一次親密接觸，在這裡，遇到的那地，那人，那事，都被記錄成為一份珍貴的回憶。

別樣青春

　　這裡的校園生活，和我之前遇到的不太一樣。

　　這裡的課程，不再是枯燥乏味的學術知識。也許是因為老師來自各行各業，都有自己的實務經驗，因此我們會感覺到所學習

的是真實的、可實際運用的。很喜歡淡江的講座制度，鼓勵老師請來很多行業內的朋友，為我們講述不一樣的世界。說到「創新出版」，出版書的時間、趨勢壓力，編輯與各行各業的交流都重新刷新了我的認識，一人出版社、獨立書店、網路書店，各自都有各自的成功與無奈；談到「影視娛樂」，老師揭秘的是各個國家、各部影視劇大火背後的真實緣由，並引導我們如何利用特殊職業和病症寫出故事，改編經典；提到「說故事」，你會發現原來身邊有這麼多可以被挖掘出來的歡樂，而你日常看到的歡樂背後，有著作者那麼多的匠心與巧思。

101 跨年煙火

　　這裡的活動，總能帶給你意想不到的驚喜。早就聽說淡大對於社團很重視，為了成為一個真正的淡大人，我鼓起勇氣加入了自己喜歡的社團—插花社。它果然沒有讓我失望，從平時的社課到象山步道的放鬆再到最後黑天鵝的佈展，整個過程都讓我很享受。我第一次接觸到這樣帶有高雅氣氛的活動，插花過程中總有一瞬間覺得自己是歐洲貴族，同時也告訴我，一盆花可以那樣特別。插花是一門藝術，好的搭配和擺放可以讓一簇花變得不一樣。再說今年淡大一等一的大事— 66 週年校慶，好幸運我們可以趕上這樣吉祥數字的校慶，從明星演唱會，到校內的各種活動，再到彷彿把夜市搬進學校的小吃街，一切的一切，對我而言都是那麼的新鮮，原來，校慶還可以這樣玩。

走在路上

來到一方新奇的土地，而且還只有一年的時間，必不可少的當然是走走吃吃看看。況且對我們專業來說，這些都算是參訪嘛，所以呢？只要有時間，我們不是去旅行，就是走在去旅行的路上。漁人碼頭、淡水老街、平溪、十分、北海岸、台東花蓮、台南嘉義……當然，還有最繁華的台北，看不盡的風景，數不清的回憶。

每一次的出行都不曾讓我失望，每一次都有不同的驚喜。站到情人橋邊望著大海，馬上就能收穫到滿滿的平靜與浪漫，從白天到黑夜，看著夕陽的餘暉，想像著入海口每天來來往往的船隻，帶來了多少故事，又帶走了多少回憶；感慨過後來到老街，熱鬧的喧囂聲馬上就包圍了我，把我拉回現實的忙碌，同時也帶來真實的溫暖，一份份美味的小吃，讓人產生極大的滿足感。繁華的台北，每次都讓我們有一種「進城了」的感覺，一幢幢高樓，一個個繁華的 shopping mall，不間斷的人群和車水馬龍的景象，還有讓我們捂緊錢包的物價。101、士林官邸、西門町、故宮博物館、松山文創園、誠品書店，每個地方都有不一樣的風采。平溪則有鄉村般的寧靜，當然，是在見到火車站擁擠的人群之前。那裡讓我印象最深的當然是天燈，看著路邊不斷放飛的一個個天燈，彷彿升起的一個個希望，佈滿天空。北海岸的藍，這是我對台灣大海的第一印象，看到海的瞬間就讓我擁有了美美的好心情，禁不住脫下鞋子，與它進行親密接觸，接下來的一整天目光也再也沒離開它。台東花蓮的風景，花費了我幾百張照片來記錄，特別的山，不同的海，隨便一張照片都可以作為電腦的桌面。

真實模樣

畢竟是在這裡生活了近一年，不同於一般的旅客，我們對於這片土地，也有了更細緻的觀察和更深的認識。

淡水的雨

淡水的雨，真像是我見過最任性的女孩，它讓我相信，電視劇中三秒就下暴雨的事情是真實存在的，但只要你稍微哄哄，馬上又會露出晴天的笑臉。所以，在淡水的便利店裡，雨傘雨衣這類東西是從來不會缺貨的，而且價格不會很貴，方便你在任何時候都可以直面淡水任性的雨。

所以和這樣的雨為伴，許多老師和同學都提醒過我要時刻帶傘，我也的確吃過虧，在教學樓群中穿梭，任風雨打在我臉上。但若趕上沒有許多事的悠閒時光，撐著傘在雨中漫步，則彷彿到了另一個世界，感覺自己就是童話中的女主角，不知道下一刻就會遇到什麼美好的事情。

便利店的便當

雖然不習慣沒有外賣的生活，但必須承認便利店的便當是十分方便的，而且有很多菜式可供選擇，咖哩飯、炒粉、羊肉鍋、各式定食，無論是你能想到的還是你想不到的，都會在便利店中出現，還有配套的小食，蔬菜餅、蘿蔔糕、炸雞塊還有滷味，只有我想不到，沒有它們做不到。

　　所以若你和我一樣同為吃貨，沒事還是不要到便利店裡閒逛的為好，因為不知道哪個時刻，你就會被某種小食吸引，不自覺的掏出錢，又增加了要運動幾小時的卡路里。

金馬獎紅毯

　　其實我也沒有多喜歡哪個明星，只是想，既然來到了台灣，又離台北不遠，為什麼不去現場感受一下金馬獎的氛圍呢？於是，在那個微微飄雨的週六晚上，儘管白天已經在外參訪了一天，大家都累得打了退堂鼓，晚上我還是不知疲倦的獨自一人來到金馬獎現場。雖然折騰了很久，到現場只看到了最後的幾位明星，但還是很激動，畢竟可以在旁邊和紅毯拍上一張合照。不得不說，也許台灣的朋友們已經看膩了金馬獎，紅毯旁雖然人很多，但多少還能擠到附近看著，這要是在大陸，我可能連公園的入口都擠不進去。

　　若你也有幸來到台灣，並趕上了金馬獎的頒獎，不如也搭著捷運來國父紀念館走上一遭，感受一下同時見到兩岸三地多位明星的豪華體驗。

節日氛圍

　　作為一個逢節必過的人，我很期待並珍惜在台灣度過的每一個節日。唯一錯過的是剛來時的中秋，因為颱風，哪裡也去不了，只能在宿舍默默地看著月亮，看到朋友發的夜烤圖片，很是羨慕。接下來是立冬，那天上課的老師像朋友一般提醒我們要吃薑母鴨

和羊肉爐來暖暖身子，很幸運，正好趕上和同學出去聚餐，便很滿足的和同學分享了一大鍋的薑母鴨。最讓我驚訝的是萬聖節和聖誕節，萬聖節提前一週、聖誕節甚至提前一個月就開始裝扮校園，配套的派對和活動，讓整個校園被濃厚的節日氛圍籠罩了很久很久。

因此，來到這裡的你不如也入鄉隨俗，享受一下每個節日裡帶給你的美食與歡樂，感受中西方文化的交融，留下不一樣的節日記憶。

垃圾分類

早就聽說台灣需要對垃圾進行詳細的分類，來到這裡後我終於真實的體驗到了。這件事情帶給我的直接影響是—吃得更多了，因為不想有廚餘。雖然有時會像其他同學一樣覺得麻煩，但我由衷地覺得這是一個很好的習慣，因此我每次都很認真的分類，方便阿姨的工作。

有時在路上，遠遠就能聽到垃圾車在唱歌，跟著垃圾車大黃慢慢前行，看著小區的人們有序的排隊扔著垃圾，我心中想，這大概，就是人們每週幾次「特殊的聚會」吧。

疾馳的機車

這也是台灣特有的標誌之一，說實話，看到飛馳的它們真的會覺得害怕。老師說，機車的速度基本都在 60 公里 / 小時以上。

好在這裡的機車剎車性能不錯，而且也會很主動的避讓行人，每次他們讓我先行我都會感覺心裡暖暖的，並對他們回以微笑。

作為一個享受刺激的人，我也真的很想體驗一下騎機車的感覺，無奈無法取得駕照。但好在我有幸讓台灣朋友載上我，體驗了一下跟著機車疾馳的感覺，看著標誌著速度的數字慢慢增加，臉上迎接著強風的襲擊，頭髮在空中凌亂飛舞，但身體卻慢慢和機車融為一體，盡情享受著速度帶來的刺激與興奮。

時間一點一滴過去，經歷的種種也一筆一劃被寫在記憶裡。很幸運能來到這裡，細緻地感受這裡的生活。在未來，我會學更多，看更多，珍惜每一天的日子。

Nice to Meet You, Taiwan

郭論

伯朗大道的綠

　　從小到大我都是一個熱愛旅行的人，很早就意識到生命有限，總感覺比別人多走一些路，多感受一些事物，就能夠擴展人生的寬度，而看過的東西，見過的人，做過的事，都會在歲月中堆疊成人生。到現在也算走過很多地方，也去過幾個國家，但去的地方越多，就越感受到自己的渺小，就越想去看更大的世界。不過，雖然去的地方多，但是從來沒有在某一個地方長期居留，這次的台灣之行，給了我一個機會，去慢慢感受台灣細水長流的文化。

　　淡水是我在台灣接觸到的第一個城市，淡江大學就坐落在這裡。整個地區不大，想去哪裡走路就很方便，感覺騎上一輛Ubike 就可以遊遍整個市。在宿舍頂樓看到的景象就是我對淡水

213

的第一印象：高低錯落的樓房被一條淡水河溫柔地環繞，視線的盡頭，觀音山在陽光下散發著鬱鬱蔥蔥的綠色光芒。當時我就想，被如此美景包圍，這座城市一定也是美好的，而事實證明的確如此。

在淡江大學就學是很棒的體驗。淡江校園非常美麗，現代與古典元素交織，體現出它多元而豐富的個性。學校裡綠樹掩映，有一種在公園裡上課的錯亂感。學校裡的基礎配置很高，機房、圖書館、健身房、游泳池都有，完全滿足學生的各種需要，特別喜歡學校的圖書館，規模很大，想要的書幾乎都可以找得到。在觀光電梯裡可以看到淡水風光，無數個在圖書館來回的日夜，在電梯裡看到了各種各樣的淡水，晴天的、雨天的、陰天的、白天的、夜晚的、清澈的、朦朧的、彩色的、黑白的……淡水的每一個樣子都很迷人。

這裡的課程和我原本所在的學校不太相同。以前總覺得老師都高高在上，受人敬仰，而這裡的老師常常給人亦師亦友的感覺，課上的氛圍很活潑，老師和同學們的互動很多，感覺同學們也更加敢於表達自己的想法，我覺得這是一種方式讓同學們養成自主思考的習慣和培養敢於表現的勇氣。課上輕鬆，課業任務卻並不簡單，對於考試，考的不僅是對知識的吸收程度，而且還考驗學生的各項技能。

學習之餘，這裡的學生活動也相當豐富。開學時各個社團的迎新活動給我留下了很深刻的印象，每個社團擁有自己的攤位，

大家都很賣力地為自己的社團納新，讓我想起以前在校會工作的時候。每一份努力，其實都來自於對這個團體的熱忱，這可能就是青春的感覺。這裡的社團種類更加豐富多樣，有的甚至有些搞怪，第一次看到麻將社的時候我真是驚呆了，打麻將竟然也能建立社團？我後來想想，可能我們習慣了某些思維定式後就習以為常，但這裡教會我有時候要跳出框架做事，去嘗試創造一些以前沒有的東西，我們學文創的學生其實很需要這種精神。社團，不就是一群有相同愛好和志趣的人集合在一起嘛！

「我住在淡水河的旁邊，我看著太陽慢慢不見。」很早就喜歡《Nice to meet you》這首歌，所以一到淡水就心心念念地想去看一下淡水的夕陽。於是找了一個晴天，約上幾個好友，騎上自行車跑到漁人碼頭去。颱風剛剛過去，空氣清新而乾爽，好像有檸檬汽水的味道，找了個好的視角坐下，看著太陽一點點浸入水中，周圍的雲朵越來越紅，最後隨著太陽的沉沒而慢慢消失不見。這是人生中第二個特別的夕陽，第一個是在日本的自殺聖地東尋坊看到的，當時看到夕陽，想到的是生命最後的綻放和隕落，覺得落日淒美而令人感傷。漁人碼頭的夕陽卻給了我另外一種感覺，是那種睡前躺在床上看書的舒適感，天黑了就可以關燈進入夢鄉。夕陽好像具有了新的生命力，落下，是為了第二天更好地升起。

「就快要愛上了淡水，除了雨下不停的冬天。」其實不僅是冬天，自從來到淡水以來，雨，就一直與我們相伴。淡水的雨比較特別，常常是濛濛細雨，時下時停，並且多數時候伴隨著風出現，風模糊了雨和霧的邊界，在這樣濕潤的空氣中，也不知道要

不要打傘。但很清楚的是，一旦下雨，淡水就會變得特別冷，曾經和友人說下雨和沒下雨的淡水是兩個季節，卻遭到了反駁：下雨和沒下雨的淡水明明是北極和赤道！事實當然沒有這麼誇張，但卻足以表達我們的感受。淡水的雨有時真的讓人厭煩，但是也是在淡水這樣常常陰晴不定的地方，大大提高了我見到彩虹的頻率，於是每每遇到下雨也隱含了一份期待，不知道哪裡會有彩虹出現，一掃雨天的陰霾。

「台灣最美的風景是人。」這句話在來之前真是聽了千千萬萬遍，所以來到這裡也經常留心觀察身邊的人，發現他們普遍有一個很神奇的特徵，就是「自來熟」，明明是第一次見面，卻好像是彼此非常熟悉一樣，一個小小的契機可能就可以聊起來很多。

潛水的時候遇到了尼莫，但是他看起來好像不想理我。

學校旁邊早餐店裡的阿姨總是「妹妹，妹妹」的叫我，真的感覺像在家裡一樣，真是給人一天的好心情。在台南玩的時候，計程車司機得知我們是外地遊客之後，就變身導遊，給我們講了一路的台南風土文化，語氣中充滿著濃濃的自豪感。對於家鄉如此地熱愛，才能培養出這樣美麗的人情味，這樣的人情味，是不是可以讓我們從手機前面抬起頭呢？

比起大陸來講，台灣真的很小，但是它的生活也一樣多元。除去我在

淡水的學生生活以外，還有很多種生活也很有趣。老師曾經說過，台北有兩種夜生活一種是台北夜店的生活，一種是誠品 24 小時書店裡的生活，兩種夜生活可以說是一靜一動兩個極端，都很值得去體驗。雖然很遺憾這個學期沒有機會體驗到，但是還是充滿期待。

假期裡抽空去了一趟台南，台南的生活，與台北的又有所不同。我的家鄉在福建泉州，坐落於閩南，和台南一樣，是一個一輛機車可以走遍的小城。台南真是一個很適合慢生活的地方，也卻是晃晃悠悠地逛逛吃吃了三天。騎車在台南的大街小巷裡穿梭，發現了很多驚喜，用文創的眼光來看，就是隱藏在巷弄間的智慧火花。慢慢地也發現，這裡的悠閒並非懶散，而是把生活用心雕琢成喜歡的樣子。可能因為我是一個急躁的人，所以特別喜歡這樣的生活態度，可以讓自己沉澱下來，好好去思考、去感受、去創造。

不止一次思考過旅行的意義，總覺得，出行，不是為了向別人炫耀自己去過的地方有多麼多麼地好，而是為了在看過世界的美好之後，能夠帶著他們，去把自己喜歡的地方，變成更好的樣子。走過千山萬水，總有一個地方讓我永遠牽掛，心之所向，即為故鄉。可能因為家住閩南，所以總是在台灣看到家鄉的影子，也總是猝不及防地被勾起想念的情感。但我並不感傷，可能正如淡水的落日一樣，離開，是為了變成更好的自己回來。

啟航

主編：黃一銘

　　從一開始隔著海峽懵懂的想像，到一年後戀戀不捨的感念，我們的大三，是不斷地相遇與別離。

　　這次「小別離」，仿若初見，讓人輾轉。

　　腦海中是課堂上學到的知識、是課外看過的文創園區；是遇

到的一張張笑臉、是聽到的一聲聲誠摯的「謝謝」；是早起山上的日出，是湛藍洶湧的海浪……

　　那些親眼所見和親身所感，都化作了我們最真實的收穫。

　　雖然即將暫別淡江大學，但年輕的步伐永不停息。帶著沉甸甸的收穫，朝著下一站，青春啊，揚帆起航！

在台灣

王大興

1982 年，羅大佑寫下了《鹿港小鎮》：

假如你先生回到鹿港小鎮　請問你是否看見我的爹娘

台北不是我想像的黃金天堂　都市裡沒有當初我的夢想

在夢裡我再度回到鹿港小鎮　廟裡膜拜的人們依然虔誠

歲月掩不住爹娘純樸的笑容　夢中的姑娘依然長髮迎空

再度我唱起這首歌　我的歌中和有風雨聲……

　　而在這之前的二十年，台灣就正如如今的大陸，發展速度之快，讓很多人感到有些不適。這樣的音樂出現，也許代表了台灣一代人的反思。

　　距離這首歌寫下的三十五年後，我來到了歌中所唱的那個鹿港，那個鹿港的小鎮。

　　「亞洲四小龍」飛速發展的背後，是被工業化所破壞的生態環境，是對中華傳統文明受到衝擊後的無奈，是時代的焦慮感。當年的鹿港也曾是一個商業港口，在台灣一直有著「一府二鹿三艋舺」的說法，與傳統的農耕文明發展並不完全一致。但我到達鹿港的那一天，我所看到的這座小鎮，仍然有著集市、祭祀等中國最傳統的風俗。

　　那天，正好遇到了鹿港的「大拜拜」。人們成群結隊的走在路上，每個人的臉上面露笑容，洋溢著虔誠。雖然經濟發展不再有從前的速度，也許因為信仰的關係，讓人感受不到他們有絲毫的焦慮與不滿。

　　忽然，我感覺到這座小鎮，是那麼的熟悉，又那麼的陌生。

　　台北的霓虹燈閃爍著，無論我走到哪裡，抬頭總是會看到101大樓。

　　台北給人的感覺，不像東京，不像香港，更不像上海。這些城市的節奏都過於快速，快到甚至讓人感到窒息。但台北卻總是平穩有序地進行著的一切，人們排隊搭著捷運，輕聲細語地交談，

自由廣場

讓人感覺一切是那麼的安詳、寧靜。

但每年總有一些資料，對世界上的旁人而言已經是天翻地覆的變化，但在台灣的一些學者眼中卻似乎無足輕重。

比如：1990 年，高雄港的集裝箱輸送量達 350 萬標準箱，居世界第四位，那時，上海港的資料為 45.6 萬標箱。到 2014 年，上海港躍居世界第一港，集裝箱輸送量為 3,500 萬標箱，高雄港 1,000 萬標箱，跌為世界第 14 位。

與此同時，許多台灣的年輕人傾訴著他們深深的無力感。

坐在台北的計程車上，司機在抱怨著：「這麼多年我的工資基本沒有變化，但台北的房價卻翻了幾番。」生活上的壓力與無力，似乎成為了壓抑民眾最大的一塊石頭。

在我就讀的淡江大學，有著各式各樣的社團活動，印象深刻的一次參加某組織舉辦的活動。他們請來了前 Line 台灣區總經理陳韻智，他曾經幫助把 Line 經營成台灣第一社交應用。但他卻在 Line 在台灣做紅火的時候選擇離開，進入了新興的移動直播領域，經營一款叫做 MeMe 的 APP。

全程的演講，在我看來，並沒有什麼亮點，只清楚記著他狂傲的說著「台灣沒有 BAT，所以我們沒有那麼多的擔心。……我

對 MeMe 最大的信心就是因為是我在做啊！」

但是台灣的移動直播市場卻僅僅處於起步階段，在對面的大陸，兩百多款 APP 早已廝殺成紅海，甚至已經開始進入淘汰期。

台灣最大的出版公司董事長何飛鵬曾經說：「台灣有西太平洋最好的海岸線、最好的溫泉、最好的美食、最優良的醫保制度和最友善的人民，但是，台灣似乎已經沒有了經濟創新的動力，年輕人有新想法，他們要實現它，就得去大陸，去東京，去倫敦，去矽谷。」

台灣的一切，每一次的起步似乎都並不晚。

二十多年前，一個叫做貝索斯的年輕人，放棄了在對沖基金待遇優厚的工作，在自家的車庫下成立了一家叫做亞馬遜的公司。也許沒有人想到，他所經營的「電子商務」業務，在許多年後會對世界變化產生如此深刻的影響。

在相同的時間點上，一位名為張天立的台灣年輕人剛剛從美國回來，此前他已經是貝爾實驗室資訊工程師，並且還在羅格斯大學讀完了 MBA，而幾乎是統一時間點，他在台灣創立了博客來，成為兩岸三地最早的電商網站。

1995 年 7 月，Amazon.com 正式上線，出售的商品是紙質書；1996 年 8 月，博客來網路書店網站正式上線運營。而在大陸，有一家叫做瀛海威的公司剛剛上線，漸漸地開始宣傳互聯網知識，大陸民眾才開始接受互聯網啟蒙。

2000 年的「互聯網泡沫」，在美國、亞洲有無數的互聯網企業轟然倒塌，台灣也遭受波及，博客來在資金上出現困難後，統一集團超商注入資金投資博客來。而 2007 年，張天立因為經營理念的不同，在一場會議之中，被無預警被迫下崗，自此離開博客來崗位。

而這七年的時間，中國大陸的電子商務市場一躍成為世界第一。馬雲創立的阿里巴巴也在今日成為了全球第一的電子商務公司，阿里巴巴在互聯網金融領域的高舉高打，開始進入台灣。

2016 年耶誕節的台北，除了聖誕樹，我看到的更多的是隨處可見的支付寶標牌。

「創意出版產業概論」邀請張天立先生演講，在他離開博客來近 10 年的時間，他再創事業高峰，成立了 TAAZE 讀冊生活網路書店網站，並且不再局限於買賣新書，還延伸出回頭書、二手書、電子書等等。經營模式也結合「分享經濟」概念，目標是打造成開放的資訊中心（Information Center）。

在他介紹讀冊的過程中，我全程感受到了這位台灣企業家對於「知識共用」、「資訊共用」的渴望。

他說的每一個規劃，每一句話，沒有著急，沒有焦慮，有的只是對於理想的期望。

而我也在從鹿港回到台北後，發現自己不小心丟掉了學生卡。我印象可能是在掏口袋時，無意將自己的學生卡掉到了地上，我

只記得是大概在鹿港丟掉的，卻忘記了究竟是丟到了哪裡。

回到學校後的第三天，我突然接到電話，說有一封我的信件被寄到了中文系辦公室，要我去取。我拿到了一封來自鹿港寄來的信，信封上面寫著的字跡工工整整，而在信封裡，放著我的學生卡。除此之外，沒有留下一句話、一個名字或者電話號碼。

在台灣的時間，接觸了不同的人，不同的事情。而這些，也讓我的生活發生了巨大的變化。

沒有在大陸產業變革下的焦慮，沒有高壓下的生活，我重新開始關注自己的身體健康和內心心靈，每天有時間去淡水國民運動中心跑跑步，遊游泳，更多的時間開始思考，自己在快速向前奔跑的過程我是不是忽略了什麼，忘記了什麼。

我開始重新思考自己和父母的關係，開始思考是否真的那麼迫切需要物質的現實生活，開始認為世間的一切遭遇都應該感恩，感恩父母的養育，感恩朋友的關心，感恩每一個相遇之人。

也許，我們真的不用那麼急切，也可以看看路上的風景，想想忽略的親人。

因為世間一切的遭遇，都是最美好的遇見。

在台灣的 130 天─給老妹兒的 3 封信

張倩倩

第一封

親愛的媛媛：

沒想到時間過的這麼快，轉眼間我們都成了背井離鄉的遊子，你在跨省念高中，而我也跨到了彼岸，來到台灣讀書。很高興你終於迎來了人生最痛苦也是最美好的一段時光，高中的生活雖然很累，但那也將成為你最珍惜，最不捨的一段時光。而對我來說，這一年的台灣時光，也將成為人生中一段最難忘、最寶貴的時光，希望我們一起珍惜在這段時光裡的每一天，然後當到達結束的時候，可以微笑的面對過往的一切。

今天已經是我來台的第 30 天，這裡的一切我也開始慢慢的熟悉了。記得剛到的第一天，一下飛機以後我就像一個好奇寶寶一樣，認真地觀察周圍的一切，不放過每一個細節：有點不熟悉的繁體字；剛剛兌換完的新台幣；濃重又親切的台灣腔；還有一輛淡大派來接我們的豪華班車。路上的天格外的藍，海也是格外的清澈，機車一輛一輛從旁邊經過，真的很像我們以前一起看台灣電影時候的那種小清新的感覺。我開心極了，就像你第一次去廈門看海時的心情，我想你一定可以想像得到我的喜悅。

我們住的地方很好，樓底下就是肯德基，周圍還有很多別的

小吃，和超級方便的便利商店。唯一的缺點就是離學校太遠了。也正是因為這個距離，我總是在學校待一整天，然後到圖書館閉館的時候才回去。你一定會很奇怪，我不是這麼愛學習的人呀，怎麼能一天到晚待在圖書館呢？不過，事實是因為淡江大學的圖書館真是太舒服了。你記得我帶你走過福師大的圖書館嗎？你當時說你很喜歡，那等你看到這個圖書館的時候，一定喜歡的不得了。我總是在影音室裡面看電影，然後順便睡個午覺，沒課的時候在裡面上上網，讀讀書，甚至是坐在沙發上面發呆都沒有關係。

在淡大，除了圖書館，整個校園的一切我都很喜歡，哈哈哈，甚至有點不想回去上學的感覺。但是有點遺憾的地方是，我們在這邊上課沒有選擇權，淡大有很多好玩的課程，但是我們只能去修規定的課程，好在下學期有一門可以選擇的機會。不過，我可以自由的去旁聽很多別的課程，學自己喜歡的電影。我還去參加了網球社，等我學會了回去教你。

這個假期，我和海容和立言姊姊一起去了基隆的忘憂谷，和《千與千尋（神隱少女）》的取景地九份，那裡真的好美啊，廣闊的大海，還有高聳的山脈，幽靜的茶樓，還有非常熱心又善良的店家。我們一起在那個晚上暢聊人生，做著各自的夢想。未來永遠會有你想像不到的景色和驚喜，希望你不要被高中繁重的課業壓住，而忘記外面世界的精彩，永遠懷著一顆充滿希望與快樂的心，要加油哦。

你好奇寶寶一樣的老姊（2016.10.10）

親愛的媛媛：

你總是給我發微信說你聽不懂數學課和物理課，有時候覺得非常煩躁，還害怕同桌老是跟你比。其實我想告訴你，我以前也經歷過這些煩惱又痛苦的時光，但是這些並沒有成為我放棄或者消沉的原因。當你煩燥或者聽不懂的時候，不要難過，那些都是你成長的機會，學會去獨自克服這些困難，自己去爭取一切進步和學習機會。

在這邊我努力爭取和大傳系一起拍紀錄片，和台灣國際女性影展的從業人員交流；參加金馬獎觀眾票選最佳影片評審團；聆聽李安父親三部曲和《驢得水》的攝影師林良忠老師講的燈光課；聆聽台灣非常厲害的剪輯師李念修老師的剪輯課。這些都是我自己非常非常努力爭取而得到的。在台灣好像很容易就可以見到這些大咖，真的是非常幸運自己當初選擇來到這裡。那麼對於你的困惑，我的建議是你要明確自己想要的東西是什麼，然後不要害怕任何困難，只要用心的去爭取就好啦。

台北，真的是一個電影愛好者的好去處，這裡有全球僅有的幾塊可以播放李安新片《比利林恩的中場戰事》的 4K3D120 幀的影院，還有著名的金馬獎。在金馬獎的前幾天，我每天晚上都會坐車到西門町，去看入圍最佳的五部影片，而且，最重要的是，所有的影片主創都會到現場來，我真的見到了范冰冰、馮小剛、張艾嘉、柯震東、張大磊、鐘孟宏、趙德胤還有很多別的主創人員，

那真的是我來台灣最激動最幸福的三個晚上。最終我把我的選票投給了最喜歡的《八月》，沒想到他居然最後真的拿到了最佳影片，成功的被張大磊導演圈粉！哈哈！在那幾天我還認識了一個非常熱情的在民視電視台工作的大叔，他真的非常熱情地讓我去參觀他們的 8 點檔劇組（雖然我後來也沒有時間去）。

你和我說你有點想學編導，我很高興你終於不再幻想著學美聲了。雖然這麼說你一定會生氣，說我打擊你，不過我是真的希望你可以選擇一個你喜歡的方向（感覺是被我帶偏的）。現在的作業雖然很多很難，你要相信這些都會過去噠，要加油哦。

你的初級影迷老姊 (2016.11.30)

第三封

親愛的媛媛：

　　最近這一個月我也好像回到了高中的生活，每天不是在作報告，就是在作報告的路上，不知道到了台灣以後大家的熱情和實力都被激發出來了還是怎樣，不管是哪一科的報告，大家都會拼了命一樣去把它做到完美。因此，幾乎有很長時間，每天晚上到12點的時候，宿舍頂樓依然有很多班上的同學在開會、討論、作報告。當然，我們的這些努力也不會白費，每個台灣的老師，都對我們的認真和努力做出了認可，尤其是在那場有很多福州的青創公司的領導來的時候，我們的報告受到了前所未有的高度讚揚，就連我們自己也不曾發現，原來在這半年的學習中，我們竟會有如此多的進步，原來我們每個人身上也都會有如此巨大的潛能。所以你千萬不要覺得自己現在的努力沒有收到成果就沒有用，堅持下去，就會發現，有一天自己好像真的開竅了一樣，然後就進步了一大截。

　　這個月瘋狂的報告結束之後，我們也結束了這第一個學期的學習，接下來的日子就要去認真的感受台灣的風土人情，到各地去撒野。哈哈，想想就非常激動呢。在這個月，我們在最忙的時候，還是偷懶了一個雙休，和老師一起去了台中玩耍。我們去了鹿港小鎮，第一次拜佛抽籤，看到了他們熱鬧又宗教感十足的廟會，還有各種各樣的寺廟。這裡的真的是信仰自由，而且都非常虔誠。

　　有一個朋友說帶我們去一個非常美的地方，後來我們騎著機

車，慢慢爬到了陽明山的一個非常漂亮的觀景台，那裡有一座很小的廟。他跟我們說每當他心情很差的時候，他就會騎車到這裡，拜拜佛，看看眼前美麗的風景，還有緩緩下落的太陽，好像一下子就被治癒了一樣。我們拍攝的那個藝術家還有專業課的老師都告訴我一個道理，要認真地享受生命的每一天，無論在多累的時候，都要記得跟自己的內心對話，留給自己一個獨立的空間，去認真地思考，聽到自己內心的聲音，感受生命之美、音樂之美，認真的觀察生命中的所有事物，那些都會成為你創作的來源。我想這是我在這半年裡，學到、感悟到的最大，也是最重要的道理。

我希望你可以感受到我所說的這一切，就算現在做不到也沒有關係。慢慢地去經歷，總有一天你會真正的熱愛你所經歷的一切，要加油哦，寒假見。

你矯情的老姊 (2016.12.30)

我與台灣 de 故事

陸星瑤

「這裡有大歷史碾過的痕跡，這裡有溫良恭儉讓的人民，這裡保留了許多我們的過去，也預示著許多我們的未來，台灣。」描寫台灣的言語有很多，現在覺得「曉松奇談」的評價頗為中肯。

赴台，是我一直以來的願望。席慕蓉詩意的文字，張曉風悠悠的散文，三毛倔強又柔軟的旅志，龍應台智慧又溫情的哲思，這些細膩的文字勾勒出我對台灣的初印象。對台灣的想像也源於台灣的流行文化，台音、台歌、台影，還有小清新的偶像劇。再

後來，聽說了誠品書局、聽說了夜市和民宿文化，對這裡更是心嚮往之。這是一片多麼奇妙的土地啊，我想。

九月，和四十九位夥伴一起，踏上了航班，飛過海峽，來到了這座太平洋上的小島。有機會在台灣研修一年，真的好幸運，好像所有的期盼都落了地，有了歸屬。

在台灣安了小家，生活在古典清新的淡水，從住所到淡江大學的十幾分鐘步行，是體驗的開始。街上不時飄來炸雞香，轟轟的機車來往不絕，花花綠綠的店招皆是垂直於牆面安置，很顯眼。抬頭望著天，常常是一片澄澈的藍，行走在學園與學校間，好像走在某些電影場景中。

淡水是樸素的，熱情的，你來我往之間，聽到最多的就是「謝謝」。雖是第一次來台，滿滿的卻是似曾相識的親切感。

淡江大學是包容的，自由的氣息不只在課堂，也在各種活動，不只在學生，也在老師。考查方式很多都是報告的形式，報告的選題豐富多彩，從蘋果公司新品發佈會到梁祝故事新編，從淡水史料數位化到文創產業暢想與規劃，每一次報告的準備過程都是挑戰自我的過程，每一次課堂舞台的展示，總能被大家的才氣和創意所打動。淡大的社團有幾百個，「插花社、烹飪社、星相社、海上運動社」……等等，聽著名字就夠吸引人了吧。校園海報街綿延幾百米，兩旁的宣傳欄，貼滿了各式各樣的活動海報，驚歎於淡大學子課餘活動之豐富，在眾多活動裡，覓得一兩心儀之事真不是難事。

校園裡另一傾心之所是覺生圖書館。浩如煙海的藏書總能激發我們旺盛的求知欲，拾起一兩本便能度過一個悠然的午後。圖書館裡有柔軟的沙發可供小憩，有高配置的討論室，可以與夥伴們一起「指點江山」，安靜的自習室裡可以赴一場知識的邀約。我很享受在圖書館的高層閱讀，因為抬起頭就能與淡水河、觀音山不期而遇，再往北望，就能看見一片碧藍的海。

台北是一座開放的城，裝得下大大小小的夢想。

我愛去西門町，那裡總是熱鬧的，人多，店鋪多，有許多街頭藝人，也有各式各樣的想法在這裡傳遞。西門町縱縱橫橫間，服裝店、飲食店、百貨店沒有次序地排列著，走十幾回，都尋不出個規律。沒有規律也是西門的魅力所在，因為不知道下一家店鋪的風格如何，也不知道會與怎樣形形色色的人們擦肩或者遇見。

喜歡西門町的另一個原因，則是它是台北影院的聚集地，然而我的電影夢，在台灣也不是進影院這麼簡單。淡大圖書館五樓專為電影而設，豐富的電影資源總能餵飽劇慌的我，於是借還光碟之旅開啟，我欣賞了一部又一部佳片。

在台灣有很多接觸電影的機會，台北藝術大學的學生影展是我追影的萌芽。在北藝大的影廳，觀賞了好多部學生創作的微電影，有趣也有深度，或是揭示一個社會問題，或是思考一段情感，或是從一個小人物的故事揭示普世價值。印象深刻的是微電影《當大學變成公園》。北藝大的學生抗議校園遊客眾多，而將校名碑石改為「台北藝術公園」，引發媒體關注與爭議。片子從此事件

出發，揭示了複雜巨大的背後問題—社會資源與教育資源配置問題；更直接觸及高等教育當前的困境—學生權益維護與校園資源經營如何權衡。從微電影中，還可見到許許多多年輕創作者對於生命、自身、或整個社會所提出的關心與質疑。我驚歎於北藝大學生們的才華和膽識，驚歎於創作環境的自由與多元。

　　十月，在台北光點華山電影館，我參與了台灣國際女性主義影展。除了影片的觀賞，女性影像從業人員論壇是另一重大收穫，聆聽「故事」背後的「故事」，瞭解女性影人執導人生的甘苦。欣賞風格各異的影片，聽取幕後不同的敘事觀點，對於電影的價值，對於影展的意義，對於性別意識好像多了幾分理解。

　　在台灣，我與電影的緣分悄然萌發，參與第53屆金馬獎觀眾票選應該是離電影最近的一次，與這般華語影壇盛事建立了一點點關係，這本是我不敢想像的。在入圍的金馬佳片與大眾見面前，我就一睹了它們的風采，映後講座與主創團隊面對面交流，我全程感受到了震撼。聽著《一路順風》導演鐘孟宏講述做類型電影的難處，導演張大磊講述《八月》是一個下午的感動到一個夏天的逝去，聆聽《再見瓦城》團隊傾訴電影背後的心酸付出，

《我不是潘金蓮》導演馮小剛細膩分享自己如何跳出經驗之外去創作，也見證了主演範冰冰對李雪蓮的智慧解讀。是啊，如小剛導演所說，電影是一個醇釀的過程。

電影夢在這裡肆意生長，有機會感受其延續的文化脈絡是一大幸事。

更多更多的願望也在這裡實現著，台灣，向每個夢想敞開。

台灣的藝術在人文，這裡有實現大願景的土壤，也有溫柔小確幸的影子。

這裡看起來舊舊的，卻總是不乏前沿創意。不同於大陸大刀闊斧地「拆」與「建」，台灣總是對老舊多一份挽留。有許許多多的老街構建著最初的記憶，古典的商鋪，靜默的店招，數十年的積澱，時間給了老街巷弄獨特的韻味，而人們總是將老玩意兒玩出新花樣，文創似乎融進台灣人的血液裡，或者說，這就是人們最簡單的審美的生活方式啊。新與舊的界限不再明顯，反而激蕩出美麗的火花。 在「轉角博物館」我認識了阿忠哥，一位淡水攝影師，他用黑白光影記錄著淡水。這座「博物館」是阿忠個人作品展，在淡水河邊，提供茶水，提供淡水明信片。阿忠哥曾經發起了「站滿重建街」運動，號召淡水人們為了老街抗爭，成功地從政客手中保住了老街。「拆」與「建」常常站在對立面，而一代代淡水人，或說台灣人，默默守護著這份老舊，以之為本建設創新，為了情懷，為了記憶。當然我想有時候過多的情懷會局限發展的可能性，也會成為一種牽絆。

目目咖啡店，有河 book 書屋是我很愛去的兩家店。它們遠離都市，遠離喧囂，在那可以閱讀、逗貓、聽音樂、喝咖啡，也是沉澱心情的好處所。台灣有許多這樣的複合空間，功能類似又各有特色，比如從有河書屋的視窗望去，可以欣賞到淡水最美的夕陽。又比如有的店鋪為弱勢群體提供了展示的平台，因此諸多產品有故事性，也有了溫度。這些場所致力於創造藝術與人交流的平台，滿足了所有文藝的想像。

一年的研修生活，會很快流逝。

多年後翻開記憶相冊，會想起逛花蓮福町夜市，似「打一槍換一地」的遊擊，只是為了品嚐多一點的小吃；想起在台中農場種菜，種下兩行歪歪扭扭的高麗，種下一個飽滿的傍晚；想起 4 點起床騎單車去七星潭看日出，與垂釣者聊天，聽他娓娓訴說著：這是章魚，這是烏賊；想起在漁人碼頭，看著夕陽慢慢不見，餘韻裡，有淡水人的歡笑與剪影。當然也會記得台灣有著霓虹閃爍的商圈，也有「大小拜拜」的煙火氣息。還有台灣老師謙卑的循循教導，上學路上的早餐店叔叔「出門在外要加油」的鼓勵。

每一個地方都有自己的性格，總體而言，台灣是平穩的，溫和的，研修生活的體驗讓我看見了台灣的「新」與「舊」，讓我學會思辨「真」與「假」，更重要的是學會用審美的眼光包容的心態去欣賞生活。

將台灣這 300 天，珍藏在記憶裡，窺一眼，留下一個溫暖的注腳！

我的來台心得

江逸豪

今年9月，迎著台灣夏日火熱的陽光，我懷著忐忑又期盼的心情坐在接送我們到淡水的大巴上。那時我們中的大部分人都是第一次來到台灣，對淡水缺乏一定的瞭解。但是在這裡生活了三個多月之後，我們走過了不少的風景，遇見過各色各樣的人，吃過各種各樣的小吃，接下來我想從風景和人文以及美食來談談我對淡水的理解。

來淡水自然不會錯過淡水老街，而淡水老街的夜市，是我最留戀也是最鍾情的一個夜市。入夜燈火迷離，遊客三五成群。它

熱鬧而不吵鬧、豐富不雜亂，處處流露著安靜和穩定的生活節奏，不為一時一事所動，有自己的節奏。這裡不像其他夜市那樣人潮洶湧，很適合晚飯後的散步閒談，燈火呈現出溫暖的黃暈，處處洋溢著「溫馨」的感覺，漫步在淡水老街小鎮的街道，一幢幢日式、洋式的老舊建築，在經過歲月的侵襲、時光的摧殘後，仍屹立不搖的佇立在旁，彷彿正向每個來訪的旅人們，娓娓道來那段陳年往事……一面吹著夜晚涼涼的海風，一面漫步遊淡水老街，一股濃濃的淡水風情湧上心頭。一路上商家林立，除了許多美食小吃外，也不乏透著濃濃古早味的柑仔店。舊時的糖果、巧克力、王子麵和童玩，令人彷彿置身於童年的美好回憶。

　　淡水的另一個必逛景點，當屬漁人碼頭。如果沒有親身前往，我也不會覺得一個小小的碼頭為什麼會成為著名景點，甚至吸引許多國外遊客慕名前來。淡水漁人碼頭原只是一個傳統的小漁港，如今，漁人碼頭成為了一座美輪美奐的浮動碼頭。其中最著名的景點，就是 330 多公尺的木棧道、堤岸咖啡和超大的港區公園，構成一個環狀動線，讓人們可以完整流暢地體驗漁港風情，站在步道遠眺對面的觀音山和出海口盡頭的台灣海峽，看著夕陽從水平面上緩緩落下，美景之盛，令人流連忘返。我去漁人碼頭時接近傍晚時分，希望能一睹漁人碼頭的夕陽，它也果真沒有讓我失望。海天連成一色的光景，當你挽著心上人的手走上情人橋，俯瞰而下，淡水海港的美景盡收眼底，夕陽輕輕的打在你的身上，就著漂亮的街燈，你會希望時間能就此定格。

　　那談到「人文」方面，讓我感受很深的一點就是——「台灣最

高雄捷運—美麗島車站
美國旅遊網站「BootsnAll」於 2012 年初評選全世
界最美麗的 15 座地鐵站，美麗島站排名第二名。

美的風景是人」，很多遊客也許曾經來到過漁人碼頭俯瞰淡水美景，到過九份山城仰望迷人夜景，也曾到過花蓮七星潭的太平洋海岸，也曾體驗過日月潭的湖光山色，曾到過墾丁曾走過台灣最南的海景……可你如果沒有感受過當地人的生活哲學與待人之道，那我只能說你不算去過台灣，因為你不夠瞭解這裡。

從我的生活經歷來講，在淡水，早餐店阿嬤是永遠笑臉相迎的溫暖婆婆。她們每個清晨都早早地便擺好攤位迎接客人，親切地問道：「你好，你要吃什麼？」這裡的計程車司機，熱情好客，喜歡與人交談，總是有說不完的話。一上車，便會主動向你介紹自己，詢問你來自哪裡，之後便開始向你介紹美麗的台灣。一說就是一路，滔滔不絕的向你灌輸著台灣那些不為人知的故事。台灣的巴士司機，在上車前會對你說：「來，行李交給我，您先上車。」隨手接過你手中的行李。下車後，如若你分不清方向，巴士司機會親自下車，耐心的為你指路，並告訴你換乘公交的方式和線路，等確認你已經瞭解清楚之後，再回到車裡，留給你一個告別的微笑。

民宿老闆會親自駕車接待客人，走進房門的一刻看到的是精

心準備的寫有名字的歡迎入住的卡片，桌上的便條繪製著簡易的周邊景點小吃地圖，夜晚民宿的房東姊姊會送上時令的鮮果，一聲晚安過後留下的是客人在異鄉滿滿的歸屬感和親切感。不管在哪裡，他們說的最多的總是──「對不起」、「謝謝」這兩個詞。

在聖誕節期間，無論是學校裡還是我們的住宿處都早早擺上了聖誕樹，我們的老師也為我們辦了聖誕晚會，為我們準備了種種過去我們未體會到的多彩的活動，都讓我為台灣的溫暖人情所觸動……這一點真的不同於大陸有關服務的各種行業。對比大陸餐飲業，特別是私營餐飲業中一些店主及服務員對待顧客的惡劣態度，台灣的服務業更貼心也更溫暖。由此看來大陸的服務業在行業態度上還有很長的一段路要走。總而言之，人情至上，待客熱情是我對這裡人文的一個整體印象。

當然，來到台灣不得不談的就是美食，台灣的很多小吃像雞排，蚵仔煎，麵線糊、奶茶等在大陸都很受歡迎。而在淡水生活了一個學期後，我也漸漸習慣了這裡的飲食。不同於大陸，淡水有非常多的像麥味登，皇家吉列堡這樣的美式早餐店。美式早餐店對於我們來說可能是非常新鮮，在大陸，你可能很少會選擇在早上跑去麥當勞或者肯德基吃漢堡，而肉鬆蛋餅或者是薯餅這樣的小吃在大陸都會比較少見。但是台灣

阿里山一小火車車廂

241

台中彩繪巷一角

受美國文化的影響較深，這裡的人們也養成了在早上享受美式速食的習慣。美式早餐店的店主都會細心地和顧客打招呼，他們的上菜速度很快，對於熟客還會贈送小食（通常是熱狗），所以大部分同學都很喜歡去吉列堡這種美式早餐店吃早餐。

號稱是正宗阿給的真理街阿給老店也很值得推薦，店鋪看似簡陋，卻擠滿客人，擠來擠去總算找了兩個位置坐下，點了阿給和魚丸湯。「阿給」到底是什麼？經過詢問才知道，「阿給」是日文的油豆腐，做法是將油豆腐的中間挖空，然後填充浸泡過滷汁或肉燥的粉絲，以魚漿封口再蒸熟，食用前淋上甜辣醬或其他特殊醬汁。聽說阿給源自 1965 年楊鄭錦文女士所發明，起初是為了不想浪費賣剩的食材，而想出的特殊料理方式，現如今已經是貴為淡水三寶的著名小吃了。至於魚丸湯呢？湯十分清淡爽口，但是魚丸特別好吃，有韌性，有咬頭，香甜筋道。

除此之外，淡水還有一種很出名的小吃—阿婆鐵蛋。據說有一年，淡水的雨季特別長，在渡船頭經營小面攤的老闆娘－黃張哖，滷了很多滷蛋卻都賣不出去，這位阿婆級的老闆娘覺得丟了可惜，便一再的將滷蛋回鍋，結果，滷蛋被風乾得又黑又小，而且堅硬無比，就像鐵一樣。有些顧客好奇，就買來試吃看看，覺

得又香又耐嚼，於是一傳十，十傳百，紛紛前來購買，再經由《民生報》記者林明峪採訪，於 1983 年寫了一篇報導，標題為「阿婆鐵蛋，硬是要得」，報導引起許多人的注意，於是阿婆鐵蛋也就成為了淡水有名的小吃了。阿婆鐵蛋真的還蠻硬的……嚼久了咬肌會酸痛，……但卻十分好吃。

在台灣吃的小吃多了，就會發現它們有一個共同的特點，那就是它們能夠聞名海內外，一大部分要歸功於它的故事，像阿婆鐵蛋這樣的特色小吃就是一個例子。它往往承載了一個地方的人們特色的文化記憶與文化價值內涵，人們因而慕名而來。不一定為了尋得好吃，而是尋找一個地方的特色記憶。

就個人而言，淡水是我所喜歡的樣子。除了喜歡小城市的溫馨感和慢悠悠的生活節奏之外，我也很喜歡這裡的人文和風景。我來自閩南，走在淡水的街頭，時常會讓我覺得我彷彿還生活在過去的家鄉，親切而又自然，其樂融融，美麗淳樸。大三這一年來到台灣，是一個千金難買的契機，而當大三結束回去之後，我們每一個人，也許都不知道下次還有沒有機會再來。我想我會珍惜我在台灣、在淡水的剩下的半年的生活，走過更多的風景，邂逅更多的人，遇見更多的美食，留下不知道有多少，今生都無法忘懷的回憶。

高雄臨海船艦海研號

大三，台灣

何歡

赴台之前

　　台灣，一開始只是存在於小時候的偶像劇、歷史課本之中。而過去的我，根本沒有想到過我會在台灣生活一年，接觸台灣同學，學習台灣的知識，觀賞台灣的景色，品嚐台灣的美食。來到師大的時候，作為第一屆閩台班，我們備受關注，然而那時我對於台灣的一切認知停留於書本和電視當中，所以既憧憬又害怕。

　　當時看到志願書上寫著大三可以來台灣學習一年，我就毅然決然的選擇了文化產業管理專業。我想真正的感受台灣的生活，想著也許見到不同的人，上不同的課，見識不同的生活方式，那麼自己看事情的視角，處理問題的方式，也許就會變得更加的多元化。大二暑假時，一個在台灣生活 4 個月的同學對我說：「如果再有一次機會，他還會選擇台灣，台灣是除了家鄉之外第二想去的地點。」這句話讓我對於台灣產生了更為濃厚的興趣。

　　2016 年 9 月 11 號，踏入台灣。當出機場在大廳的那一刻，我的第一感覺是身邊的所有人沒有大聲喧嘩，大家自覺的排著隊，並且安靜的等候。

　　不知不覺來到台灣已經四個多月了，我從一開始的驚訝和不適漸漸轉變到如今完全融入了台灣的生活。

　　許多台灣老師來學校演講時說的最多的就是「台灣最美的就是人」。不過由於是我們班是全班赴台研修，情況特殊，我們並沒有像其他陸生一樣混入台灣學生的班級群體中，而是整個班一起上課，我幾乎沒什麼機會去感受台灣的人情味。但是忽然有一天，在我下課回住宿樓的路上，一位正在騎機車的阿姨，將機車停在我的身邊和我說：「小妹妹，你的書包拉鏈開了，趕快拉上，注意點。」我這才發現，原來我之前忘記將我的書包拉鏈拉好。雖然阿姨說完就馬上騎機車走了，可是我看著阿姨的背影，瞬間被她這種對陌生人的關心和友愛所感染。而我也漸漸在每一次吃飯，買東西的時候發現，無論是陌生人還是服務人員，他們最常

說的話就是「謝謝」「歡迎光臨」，而他們也從不吝惜他們友好
而溫暖的微笑。

　　走在台灣的公路上，每隔不到一百米就可以看到 24 小時便
利店，其中 7-11 和全家最多。便利店所販售的便當是我所期待的
台灣生活中最重要的一部分。因為我對於台灣人從小吃到大的便
當的味道十分好奇。而當我真正接觸到以後，我為這一速食性的
「便當文化」所感歎─隨時隨地都可以吃上熱騰騰的飯：具有台
灣特色的速食麵、烤紅薯、美味的關東煮等等，還可以隨時喝到
當地時蔬製成的健康，環保包裝的飲料。同時，便利店可以幫我
們解決日常飲食，也可以充話費、取款、列印和代收快遞……。
最最貼心的是，在便利店裡販售的每一個食品標有熱量，這對於
我這極易發胖的人來說，無疑是一件天大的好事─我所吃的東西
都在提醒著我的熱量攝入標準，警示著我不要在台灣增肥變胖。

在這裡生活的半年時間裡，我愛上了旅行。過去在我的認知裡，家是一個最舒適的地方，坐車是一個最痛苦的經歷，每一次回家都必須轉車四次，花上整整一天。所以對於我而言，長途跋涉十分可怕。因此來台三個多月的我，只是跟隨著李其霖老師完成了台北和台中地區的部份行程。在台北，最先看到的就是台灣的標誌性建築 101，樓頂的高尖直入天空中。這讓我想起在大二上半年看《媽媽是超人》這檔綜藝節目時，很多次看到藝人們身後作為背景的 101，而現在當真正的 101 出現在我眼前時，我彷彿從夢中走出一般懵懂而恍惚。在鹿港時，我們看到了台灣的特色活動「送媽祖回娘家」，街上聚集了成千上萬的人，穿著統一的橘色的服裝，拿著鼓，在街道上護送高雄的媽祖回到鹿港，頂禮朝聖，而這些虔誠的信徒們也沉浸在這種世俗而又神聖的氣氛中，使得整個鹿港都充滿了濃濃的傳統文化的色彩和風情。我們也參觀了供奉著不同神明的、各式各樣的寺廟。最讓我印象深刻的是五門開的龍山寺，剛進入寺中時，頭頂繪著繁複斑斕的彩繪的房頂讓我眼花繚亂，兩旁長走廊上題著滿滿的，都是寺廟的歷史。而後面的花園養著健壯的錦鯉，還有正在享受日光浴的「千年烏龜」，一派生機盎然又悠閒自在的景象。而老師則悉心為身為陸生的我們準備了各式各樣的台灣傳統小吃，蚵仔煎、大腸包小腸、麵線糊等等。

另外在一次參訪文創園中，我無意間進入到了一個都是大鋼桶的展區，上面全是彩色的裝飾，上面的架子站著工作人員正在寫寫畫畫。走進一看，原來是他們變廢為寶，將廢舊的油漆桶變

成新的裝飾品和藝術品，這讓我大開眼界。其實廢棄資源再利用
存在於各個地方，但是台灣在利用的同時融入不同的元素，將廢
棄資源變為一種視覺或者特色風景，比如台灣的垃圾分類回收，
每天早晨、晚間響起的音樂，結合黃色外形的車輛，將原本印象
中髒兮兮的垃圾回收變為台灣的標誌之一，遊客必拍景象之一。
這一切一切讓我明白，我應該多出去走走，脫離舒適圈，體驗不
同的生活，收獲新世界。

　　因為以研修生身份來到台灣，在第一節課時，我惴惴不安，
害怕自己接受不了這裡的上課方式和氛圍。隨著時間的流逝，我
慢慢的瞭解、也適應了在淡江的學習生活。

　　為我們授課的每位老師身兼數職，但是態度不會受影響，在
傳授知識的同時更多的是在解說關於做人的道理。首先說說邱老
師，在他的課堂中，緊張和輕鬆，嚴肅和歡樂同時並存。我們聚

牆上櫻花

精會神聽講解，中間會抱著輕鬆的心態聽邱老師講述自己的人生。聽完之後全班總會忍不住大笑，為原本嚴肅的課堂活躍了氣氛，在學期的最後一堂課老師結合之前和我們講述的人生經歷與我們說了兩句話：「天行健，君子以自強不息，地勢坤，君子以厚德載物」。再來說說吳秋霞老師，課堂上她費盡全力請出版界的名人為我們開講座，盡量讓我們與實踐相結合。她說，當你享用社會資源成才，在未來有能力時，應當回饋社會。回想起自己20年來的思想認知，更多的是想要從社會中獲取利益。最後是薇薇老師，她感性而樂觀。她利用青春看了不同的世界，體驗了不同的價值觀。每一次聽到老師精彩的經歷，都會激發我說走就走的旅行的欲望，無奈現實中存在著種種束縛。一學期的課程，讓我們在對於感情懵懂無知的青春年華，看到人生中的「命中註定」。

風中女孩

校園中的圖書館的硬體設施簡直是令人歎為觀止。館中設有
專門的電腦室、休息室、電影室和大小不同的討論室。圖書館看
書的設備不再只是傳統的冷冰冰的桌子板凳，還有柔軟的沙發，
可以供讀書太久的疲憊學子們小憩一番。這裡的空調溫度也很是
清涼，在夏天佔據大半個年份的台灣，圖書館對於學生來說是最
好的一個迅速避暑的好去處，裡面的冷氣可以讓你短時間內迅速
消暑。而學校對台灣年輕人喜愛的節日也十分注重，在耶誕節前
半個月，就有可愛的麋鹿、雪人、聖誕樹造型的彩燈偷偷出現在
了校園之中。每到晚上，校園裡都是五彩斑斕，尤其是前十天校
長親自參與聖誕活動，這一舉動點燃了同學的激情。儘管我是一

天然湖水—人間景

位初來乍到的陸生，但是站在人群中也被這股激情所衝擊。

　　台灣很好，可是也有令我困擾之處。我的胃對於這邊偏西式、日式的飲食方式不習慣，在這三個多月中，我已經因為胃翻江倒海連續幾晚失眠。大陸線上購物、線上支付、外賣盛行，坐在家中就可以用手機 APP 逛街點餐，還可以隨時查看物品和餐飲的物流資訊。我作為大陸近幾十年崛起的見證者和生長在這一環境中的新生力量，對於台灣所依賴的便利店文化難以完全適應，總覺得生活缺少了許多選擇的權利。

　　雖然有著一些困惑和苦惱，但也收穫了對於台灣新的認知。當我們獨自在台灣，陌生的環境讓我學會了成長。我選擇主動成為班代，我知道這個決定充滿了未知，我可能會做的一場糊塗，但是既然選擇了就只顧風雨兼程。在這中間，我得到了多名同學不斷對我的工作進行指正，為我以後從事工作提供了寶貴經驗。在這中間，我發現班級上的每一位同學都是臥虎藏龍。他們可以團結一氣，連夜加班；可以在全班同學的注意之下從容地進行完美的演講；可以全神貫注地完成自己所有的事情。在這中間，我發現我還有很多很多的不足，我需要更加的努力。謝謝他們，也謝謝我自己有勇氣踏出這一步。一眨眼一學期快要過去了，快的有點令人手足無措，在下個學期我將更加積極地完善與充實自己。迎接大四，迎接未來。

在台灣的那些事兒

邱瑤

2016 年 9 月 11 日，我從隔著一道淺淺海峽的對岸，來到了台灣。

我們從機場拎著大包小包到達淡江學園——我們即將要生活一年的宿舍樓，在擁擠的人潮中辦好了入住手續，乘著電梯開啟了新宿舍的大門。

淡江學園是屬於男女混住的宿舍樓，也許是考慮到安全問題，特別分有男生電梯和女生電梯，所以也有了男生樓層和女生樓層。

這是我對台灣貼心的人性服務的第一次認識,第一次進入到女性專用的電梯,這讓我感到十分新奇。

　　而之後就是讓我們一邊欣賞又一邊感到頭疼垃圾分類了,雖然來台灣之前就聽說了台灣實行的是垃圾分類制度,但是當自己具體執行的時候,還是感到了一點手足無措。過去的生活讓我們習慣了平時將垃圾都裝進一個垃圾袋裡一起扔掉,所以為了儘快適應這裡的垃圾分類,我們最初準備了手套,等到週末時將垃圾分揀開來丟到樓下,但後期覺得這樣做還是太麻煩,我們就儘量當天的垃圾當天扔,減少下次「積少成多」後分類的麻煩。說到垃圾分類,就不得不提一下大黃垃圾車啦,每天傍晚我們都能聽見大黃的音樂聲,就知道它又來我們樓下收垃圾啦。附近的居民都拎著大包小包的垃圾,圍在垃圾車旁等待扔垃圾,不一會兒大黃就吃下了不少的垃圾了。

　　也許是我的適應能力比較強,生活上很多東西也能比較快適應。但略微需要長一些時間適應的大概就是新台幣、早餐和淘寶了吧。

　　先說說新台幣吧,匯率的一路下跌真是讓人頭疼,看商品價格的時候也總要先小小換算成人民幣來判斷到底貴不貴,由於匯率在 4.5 和 4.6 之間升降,數學不好的我也只好借助手機裡的計算器啦(攤手),支付寶在台灣還不普及所以我們也只好經常提醒自己要帶現金或者銀行卡出門了。接下來是早餐,習慣了早上吃豆漿、包子、茶葉蛋的我們到了台灣,發現路上好多的早餐店

裡賣的大多是三明治、漢堡、吐司、紅茶，一開始還真不知道該吃什麼，就當做嚐鮮，一樣一樣試過去，也就還好啦。最後的重中之重就是淘寶了，在大陸習慣了網購的我們來到台灣，起初以為要大半年不能碰淘寶了，可是後來我們發現還有台灣集運，雖然運費比平時貴了些，食物、化妝品和一些規定不能寄過來的東西之外，我們還是能享受淘寶的便利的。

作為閩台合作專業的學生，學習自然也是赴台工作的重中之重。上課的每位老師們擁有他們的個人魅力，由於班級特殊，考核方式也以小組報告居多，所以這個學期的書面考試很少，雖然如此，小組報告也並沒有比準備書面考試來得輕鬆很多，熬夜作報告的同學不在少數。

我們不但注重重要的課堂理論知識的學習，而且還走出教室去實地參訪、學習、實踐。文學院給我們安排了多次文創參訪，我們走訪了以豆腐而出名的深坑老街，欣賞了台北設計展，實地去觀察台灣的文化創意產業的發展歷程。我們在走訪中感受到了台灣的文創氣氛，也在這些創意發想中體會到了文創的魅力。

六合夜市的度小月擔仔麵

來台灣少不了要去逛逛台灣著名的夜市，感受一下夜市

文化和氛圍。至於夜市中最重要的，自然當屬品嚐美食啦。我和同學先後逛了寧夏夜市、逢甲夜市、饒河夜市這三個夜市，切身實地地去感受了一下台灣的夜市文化。

三處的夜市各有各的特色

寧夏夜市小而精，夜市不大，但是從第一攤走到夜市尾，都是不一樣的美食，真是讓人看著直流口水，而且聽說近一半攤位都是營業超過六十年的老店。在寧夏夜市讓我印象最深刻的就是芋泥球和芋頭牛奶啦，真材實料，每每想起都覺得忍不住再回攤位吃一次。

逢甲夜市是我去台中的時候逛的，住宿就定在逢甲夜市附近，玩的時候就不擔心太晚不方便回住宿的地方。逢甲夜市是全台灣省最大的夜市，它位於台中的逢甲大學旁邊，涵蓋了很多條商業街，我們在其中東逛西逛，目不暇接。逢甲夜市的各種美食也是十分地吸睛。我和小夥伴四個人，就算合買了幾份一起吃，也還是吃到撐著回去，那麼多美食不怕不好吃，只可惜胃不夠大！

饒河夜市沒有寧夏夜市和逢甲夜市給我的印象深，大概是因為去的那天是下雨天，有些都沒出攤吧！不過饒河夜市的藥燉排骨真的不錯，有好幾家可以任君挑選，喝了半碗就覺得全身熱熱的。如果碰上冬天的雨季，在寒冷的夜裡躲進這家小小的店中，點一碗藥燉排骨，靠著窗坐下來慢慢喝，看著窗外寒冷的水汽在玻璃上凝結成霧氣，聞著排骨湯溫暖厚實的味道，那一定是一件人間美事。

　　每逢假期，我總是玩心大發，既然來了台灣，自然要多出去到處走走，總不能宅在宿舍長蘑菇吧。

　　雙十假期，我去了平溪老街，吃了隊伍排得超級長的平溪故事香腸和超好吃的冰麵茶。也去了十分的鐵軌上放了寫滿了願望的天燈，聽當地的人說，在十分許下的願望，會「十分靈驗」喔！我們也去了因為宮崎駿的動畫《千與千尋》而大熱的九份，夜景真是很有感覺，鱗次櫛比的房屋被萬家燈火點亮，一盞盞大紅燈籠照應著石板路，穿梭在老街的巷子中，彷彿穿越進了《千與千尋》中那個有著湯婆婆、無臉男的奇幻世界裡，饒有趣味。

　　而在整個學期的旅行中，我覺得最棒的是去台中的四日遊。清境農場、高美濕地、勤美術館、彩虹眷村、東海大學……這些景點一一玩過去，我最喜歡的是清境農場的青青草原。起初覺得青青草原有趣是聯想到了動畫片《喜羊羊與灰太狼》待我們進去後，便被連綿起伏的青山，雲霧縹緲的天空，滿山奔跑的綿羊深深吸引了，簡直就是高山上的世外桃源。也許是這裡海拔高，氣溫低，在這裡，即使是用手機隨手一拍，也是一幅優美的風景畫，不用加濾鏡天空也湛藍得像海。雖然車上隨行的導遊告訴我們這裡紫外線很強，太陽很大，但是還是很涼爽。追著綿羊滿山跑，和萌萌的綿羊一起合照，摸摸它們的羊毛，覺得煩惱都變成青草被它們吃掉了。

　　聽說在台灣經常能遇見明星，雖然我不是個追星族，還是有點想要哪天逛街在路上碰見一個明星的。可能是老天聽見了我的

心聲，讓我在商場偶遇了何潤東。那天，我和同學去商場逛無印良品，同學突然拉住我低聲跟我說：「那個人長得有點像何潤東誒。」我看了一會兒，覺得和印象裡的何潤東沒有很像，看著對面那個光頭髮型的那人還是猶豫了一下：「何潤東會剪這個髮型嗎？」後來我們就離開了無印良品，找了個地方休息。同學打開微博，翻閱了一下何潤東最近的微博，他的確是我們今天看到的那個人！雖然錯過了和何潤東打招呼的機會，但是，的確是一次很神奇的體驗呀！

在台灣的一切，對於我來說，是一種機遇也是一種挑戰，它賦予了我更多的可能性，去領略台灣的美景，感受台灣人民的熱情與淳樸，體會台灣本土的文化。

遇見

蘇麗婷

「我遇見誰會有怎樣的對白？」

——題記

人生是一個不斷的遇見、告別、再遇見的過程。

人的這一生，會遇見許多人、許多事、許多地方；會有平凡無奇的遇見，也會有深刻難忘的遇見。

人這一生，赤條條的來，赤條條的去，唯獨能帶走的，或許就是這一生遇見的回憶。

在台灣，我有很多遇見的回憶，想要慢慢的，說給你們聽。

對台灣有過相關瞭解的人，大概都聽過這樣一句話：「台灣最美的不是風景，是人。」我同意這句話，但是也請不要被這句話誤導。不是每一個在台灣遇到的，都會是友善的人。

我曾因為大陸口音在便利超商遭遇過店員的冷眼，也曾因為大陸口音在小飯店收到過店員的嘲諷，還曾因為大陸口音受到公車司機的冷待⋯⋯

在台灣，如果你過分糾結這些刻意的不友好，那你大概會錯過很多美好的遇見。

你不知道，原來坐在路邊休息，就會有人與你善意的進行交談；你不知道，原來在小店裡吃個包子，就能結識一位身家過億的老伯；你不知道，原來蹲在邊上拍照，就能和背包客大叔學習拍照技巧；你不知道，原來搭乘一次列車，就能被列車員大叔全程照顧；你不知道，原來騎車摔倒在路邊，會有那麼多那麼多的好心路人向你伸出援手⋯⋯

大三這年，我在台灣，用相機記錄下了每一個我看過的好風光，用心收錄了每一個我遇見的最美台灣人。

最投緣的，是與璿芝在台北車站的相遇。

那一日，我走累了。我背著我有些沉重的相機，在台北車站的階梯上，尋了個靠扶手的位置坐了下來。沒多久，扶手的那一

頭，也坐下了一個看上去沒比我大多少的女生。

　　起先，我們就像最尋常的陌生人相遇那樣，甚至沒有互相看一眼。直到我們身後，傳來動靜較大的響動。我與璿芝同時轉頭朝著聲源望去，又同時聳肩回頭，隨後，目光碰撞到一起，相視而笑。我們開始像老友那樣攀談，從自己今天遇到的事，一直談到今日穿的這件衣服是在哪兒買的。我們才剛剛相識，卻如同認識了十年。直到璿芝的朋友找來，我們才驚覺已經過了時間。那一次遇見，我們交換了彼此的名字與聯繫方式，我們很期待下一次，與彼此的不期而遇。

　　最意外的，是在九份的包子鋪，與一位老伯的相遇。

　　去九份的那天，天就一直陰沉沉的。我們入住時，天空已經飄起了細雨。已經晚上 9 點，疲累了一天還沒有吃晚飯的兩個人，當下便決定放下包出門覓食。九份沒有夜生活。店鋪早早的關了門，想要吃上熱騰騰的飯，除了便利店，看似別無選擇。

　　意外地，我們在拐進了一條小路後，尋見了一家還開著門的包子鋪。包子鋪裡僅有一位店主老伯以及一位食客老伯正在聊著天。饑腸轆轆的人是管不了那麼多的，這個時候，所有讀過的九份美食攻略都被拋在了腦後。當下，我們二人便決定──管它的包子好不好吃，能填飽肚子就是好包子。進了店裡，饑腸轆轆的兩個人，除了包子，實在是拿不定主意還要點些什麼。就在這時，食客老伯突然開口了。他說：「他家的豆花最好吃，在九份，我除了他家的豆花，不會吃別家的豆花了。」

阿里山日出

　　都說餓昏了頭的人最好騙。我們倆一聽這句話,立即多點了兩碗豆花。

　　食客老伯似乎很喜歡聊天。他熱情地邀請我們坐在他的附近,隨後與我們攀談起來。

　　這位老伯,穿著一身工裝外套,帶著一副平凡無奇的眼鏡,被歲月腐蝕了的雙手,一隻扶在碗上,一隻拿著湯匙,正在吃著「九份最好吃的豆花」。活脫脫一副最普通的鄰家老伯的打扮。

　　在談話間,我卻漸漸聽出了一些不太普通的語句。從兩岸關係,談到老伯最愛的年畫。在談吐間,老伯透露了他的學識不淺。我和朋友,吃著包子,喝著豆花,聽著老伯講他的陳年往事。

原來，老伯是台灣三所大學的客座教授，同時也在大陸多所知名大學開過演講。包子鋪老闆適時插話，告訴我和朋友，坐在我們面前這位老伯，是九份三間店鋪的老闆。其中最有名的，大概是賈船長的茶葉蛋。

這或許是最最意外的相遇了。我從來沒有想過，自己會在一家包子鋪裡，遇見一位擁有五艘遊輪的老伯。

這次的相遇來得十分的意外與隨意。因為雨勢漸大，風勢漸猛，我們只得匆匆告別了老伯，趕回了住所。

臨告別前，老伯熱情地邀請我們第二日到他的店裡玩。很可惜，第二天的天氣惡劣依舊，我和朋友沒能應邀赴約。但是這一次意外的相遇，還是足以令我們感歎良久。

最可愛的，是和一位熱愛拍照的大叔在彩虹眷村相遇。

在台中的最後一天，我帶著對眷村的感念，來到了彩虹眷村。整個彩虹村，確實是熱愛拍照的文青的天堂。一遍又一遍，怎麼拍都不嫌多。尚屬拍照菜鳥的我，那一日鬼使神差地換上了定焦鏡頭，美其名曰：適合掃街。

然而，稍微有點懂拍照的人都知道，定焦鏡頭號稱「全靠腿」。想要拍放大的，就得走進了拍；想要拍到全景，就得退遠了拍。很不幸，彩虹眷村很小，退遠，就只能退到牆上。固執如我，即便包裡放著變焦鏡頭，卻還是不肯將上午才換上的定焦鏡頭換下。我努力的用定焦鏡頭拍著地上的「彩虹村」三個大字。一旁

的一位大叔實在是看不下去了，他走上前，跟我說：「我這裡有變焦鏡頭，你可以把你的存儲卡換到我的機子上，用我的機子拍完再換回去。」

這時我才恍然，原來我的固執讓路人都看不過去了。

隨後，我拒絕了大叔的好意，向他解釋自己的包裡有變焦鏡頭，只是想要用變焦鏡頭拍出大光圈的效果。

大叔瞭解之後，竟讓我稍等，不多時便從彩虹村裡搬出了一張塑膠椅，讓我脫了鞋踩上去拍。

這一次我接受了大叔的好意，脫去了鞋子，踩上了塑膠椅，如願用定焦鏡頭拍出了地上完整的「彩虹村」三個大字。

拍完了彩虹村，大叔便開始向我介紹彩虹村適合怎樣拍照，怎麼凹造型，從哪個方位能拍出有感覺的照片。隨後，大叔還拉著我演練了幾遍，緊接著又向我介紹不同景點的拍照技巧。

與大叔的交談，就像一個台灣拍照攻略，讓我十分受用。

「接下來你要去哪？」大叔問我。

「東海大學。」

「好巧，我一會兒也去那裡，我們一會兒再見。」

臨別前，大叔這樣和我說。

只可惜，我沒有在東海大學再次遇見這位用頭巾將自己的頭和臉都包起來，只露出一雙眼睛的可愛大叔。但是這次可愛的相遇，卻能讓我在每次想起來之時，都會心一笑。

最感動的，是在墾丁摔跤後，與無數路人的相遇。

在剛學會騎電動車的第三天，我就在墾丁騎著一輛並不好控制的小電驢，帶著朋友在墾丁開始了環島之旅。

逞能的結果自然不用說。我載著朋友，在墾丁的砂島外頭摔了一個大跟頭。我們摔下去的第一時間，就有路邊的司機衝上來幫我們把壓在我們身上的車扶了起來。一行騎行的旅人停在了我們身邊。

「需不需要幫你們叫救護車？」

「我有急救包，裡面有藥，你快拿去塗一下。」

「我這邊有創口貼。」

「你們還好嗎？快去清理一下傷口，我幫你們看著東西。」

……

沒有人冷漠旁觀，所有人都關切地詢問我們的傷勢，為我們遞上自己能夠派上用場的東西。幫助我們的人實在太多，以至於我甚至不能一一記住他們的面孔。等我從洗手間沖洗好傷口出來，那些伸出援手的旅人早就繼續奔赴他們的旅程了。

　　或許我們只是萍水相逢，但是每一個人都願意在自己力所能及的範圍裡給予你幫助。他們並不會因為聽到你並非本地人的口音而掉頭就走。反而在我們已經擁有了很多的幫助後，依然還不斷有新碰到的路人因為看到我們猙獰的傷口，從自己的包裡掏出傷藥和創口貼遞過來。

　　我很慚愧，自己曾經認為自己用不上急救包就不需要帶著它。從墾丁回來後，我做的第一件事，就是買一個急救包。下一次的旅程，我一定會帶著它，讓它去幫助更多有需要的人。

　　我很慚愧，自己曾經因為在超商受到冷眼、在飯店受到嘲諷、在公車受過冷遇就否定了所有的台灣人；我很慚愧，曾經對「台灣最美的不是風景，是人」這句話嗤之以鼻；我很慚愧……

　　如果，你願意靜下心來去接觸、敞開心扉去接納來自台灣人的善意，你一定會感歎：台灣最美不過人。

　　請善待，你在台灣的每一次遇見。

摩西過紅海
澎湖奎壁山退潮記

最美好，在台灣

司麗莎

2016 年 9 月 11 日，來台灣的第一天，坐在飛機上看外面的雲，第一次發現自己居然會害怕離別。伸出手指偷偷遮住想要流淚的眼睛，在心裡告訴自己，生活中有遠方，我也一直帶著勇氣，行在路上。

帶著彷徨，平安抵達桃園機場，陌生的環境，陌生的人，一切都是陌生的。用身上僅有的幾張人民幣去兌換台幣，拿到錢的時候還有一點不可思議的感覺，原來自己真的為了夢想走到這麼遠的地方。出了機場，是學校安排接我們去淡水的專車，車上有

淡水的學伴在等候我們。興奮的坐在巴士上望著窗外，看著自己
未來要生活一年的地方。心中有一點不安，但更多的，是期待能
遇見志同道合的朋友，更期待自己能在這特殊的一年學有所成。

懵懵懂懂到了住的地方，收拾自己溫馨的小屋，等到一切都
打理好，坐在宿舍的電腦桌旁，才感受到什麼叫做真實，遠離父
母、遠離家鄉、遠離大陸的真實。例如剛到台灣，沒有電話卡，
沒有數據流量上網，真的有一種與世隔絕的恐懼感，不能跟父母
聯繫，不能告訴他們我在這裡的狀況，對於撲面而來的未知會有
深深的迷惘和彷徨。好在男朋友跟我一起來研修，雖然一個在新
北，一個在新竹，也算是讓我吃了顆定心丸，對於未知的生活，
也沒有那麼多的恐懼了。

開始上課的那一週，帶著忐忑進入教室，靜靜等待每一位老
師來給我們這個特殊的班級上課，但慢慢發現，忐忑是多餘的，
每一位老師都非常和藹可親，他們幽默風趣，學生根本無需擔心
上課走神的問題。我的聽課效率也因此大大提高。在台灣學習是
愉快的，師長的關心讓我的研修生活多了一份純真的感動。剛入
學的時候，學校的師長十分重視我們的到來，舉辦了歡迎會，會
後還有豐盛的食物供大家食用。每逢過節，老師們也會送水果跟
問候給大家。印象最深的就是過中秋節的那天，剛到台灣的同學
們也許都有點「水土不服」，思鄉情緒明顯。大概是知道異地的
不容易，每一位老師都對同學十分關心，他們給了我們許多關懷
和中肯的建議，無論是學習還是生活方面，都因為有老師的幫助
而格外順利。另外，文學院一旦有比較好的參訪活動或是演講資

源，老師們都會優先通知到閩台班，他們生怕我們錯過每一個可以學習的機會，怎麼能不讓大家感恩呢？閩台班這個小集體，因這些溫暖的老師而多姿多彩，再也沒有了當初離家到來的緊張感。

學習雖然是來台的首要任務，但對我來說，最重要的還是認識台灣。台灣美景很多，淡泊有淡泊的原因，寧靜有寧靜的意境，在如潮般湧來的騷動中能保持著一種獨立的精神，是一種愉悅，也是一種再生。

我愛淡水。也許台灣最美的自然風光就在淡水，而淡水最美的地方就在漁人碼頭。在淡水小鎮，可以拋開城市的喧囂，彷彿穿越到了歐洲的某個海濱小鎮，它果然是看夕陽的好地方，陽光灑在海面上，海水由藍色變為金色，美麗到無法用語言形容。這個地方適合思考，偶爾落單一下也是不錯的選擇。一個人的時光，多了行走的理由，安安靜靜的坐在漁人碼頭，靜靜感受美好的光景，沒有趕路的需要，沒有壓力，感覺歲月靜好。雖然淡水的冬天總是下雨，雖然每一次下雨我都覺得心情不好，但是風雨過後的彩虹真的好美麗。哪有一帆風順的事情呢，人生總不會完全按照我們的心意發展。沒有白費的努力，沒有白去的地方，沒有白走的路。即便有些看似彎路，說不定也能為以後的正途指引方向呢。命運在告訴我們，只要認真對待生活，總有一天，每一份努力都會絢爛成花，每一個絆腳石都能變成墊腳石。

和麗莎在洋蔥先生吃牛排

　　眾所周知，美景固然可貴，但台灣最美的並非交相輝映的景色，而是一個個可愛的人。

　　吃早餐的時候，店家總會免費贈送蘿蔔糕；走在大街上可以隨時聽到「謝謝」；買棉被的時候老闆說他很喜歡大陸學生，所以給出很多折扣；永遠不怕找不到路，只要去問台灣人，他們都會很好心的告訴你，甚至帶你去。看啊，他們多可愛，這樣一些溫暖的人，應該很容易得到幸福吧！

認識台灣，學習文創，又怎能少得了遊玩呢？

　　我第一次去台北就去逛了國父紀念館，很幸運正好趕上交兵儀式。看了孫中山先生的事蹟，感受歷史的氛圍後又轉戰新光三越，不得不說，逛街對於女孩子來說，真的是一個讓人想想就精神振奮的事情。台灣的夜，台灣的商圈讓人流連忘返。跟我的朋友們一起在西門町逛街，熱鬧的街道，熙攘的人群，置身其中只覺得開心到飛起來。

　　青春總是熱情洋溢的，肆意在自己兵荒馬亂的青春裡享受狂歡是一件幸福的事。珍惜行走的時光，從日出到夕陽的每一分鐘都儘量過的有意義。努力過生活，不是生、也不僅僅是活。

　　一開始的時候總覺得自己很孤單，直到有一天，遇見一群朋友，每天跟他們分享快樂、解讀憂傷、笑談生活瑣事、就會發現自己原來那麼幸福。如果你們也有幸遇到了這群人，那就請用盡全力抓住，無論如何都別放手。台灣著名漫畫家幾米說過，「一

內灣老街芋圓

個人總是仰望和羨慕著別人的幸福，一回頭，卻發現自己正被仰望和羨慕著，其實每個人都是幸福的，只是，你的幸福，常常在別人的眼裡。」這話是有道理的，透過別人的眼睛折射出來的光芒，你能發現反射回來的是你自己的幸福。這個世界上沒有兩片完全相同的葉子，沒有一個人的生活和另一個人是重複的，過好自己的日子，會發現平淡中的幸福。來到台灣，我沒有轟轟烈烈的做過什麼大事，但在這裡的每一天，我都是幸福而快樂的。

我不停地問自己，一直行走在路上，去追尋自己可能並不會實現的夢想，做的這一切到底有什麼意義？回頭看看來時的路，大概只有一個想法，衷心希望自己成為一個比較厲害的人吧，為了這個在不停地努力。若要是問我什麼才算厲害的人。我想大概就是有朝一日能保護好我愛的所有人吧。

我這一生，有三個家鄉，在忻州出生，又跑去福州讀書，最後來到了淡水進修。我最想記住的，就是在台灣每一天的生活，從清晨到日暮，每分每秒真實的感受。能來台灣學習是非常難能可貴的，那是從身體到心靈的過渡，因為我學到的東西，不僅僅局限於知識了，還有成長。

路過了半年的台灣

汪盈

淡水英國領事館

開始─昨夜西風凋碧樹，獨上西樓，望盡天涯路。

回顧生命的歷程，大概從來沒有想過會有機會來到台灣，或許這就是所謂的緣分吧。

我生於一個傳統而又普通的家庭，成長於農村，熱愛生活，對一切未知都充滿了希望和憧憬，無論是在出國熱潮的狀態下，還是大家都在談論著雅思托福，甚至就算想要把英語學的很好，離開大陸那片土地，始終是可望不可即的想法。我生活在於一個傳統的環境，哪怕是一個人出省的旅行，父母都不是很放心。但

271

台灣→平快車

是很偶然地，又很真實地有了這個機會，可以在台灣學習一年，感覺這種驚喜超出了生活的範圍。

出發的那天早晨，我還在睡夢中就聽見門外同學們的講話聲與拖動行李箱的聲音，我趕緊爬起來，窗外陰雨連綿，但還是無法抑制住心中的興奮，稍微收拾了凌亂的行李，洗漱完畢，就拖著行李箱下樓集合。這天，就是我們來到寶島台灣的第一天。

雨越下越大，即使舉著傘也被淋濕了不少，但是我很開心，這是我第一次坐飛機。我們上飛機的時候，天氣已經漸漸晴朗，我坐在位置上，慢慢地感受著飛機離開地面，以斜向上的角度向天空滑去，地面上的一切漸漸模糊。第一次離天空這麼近，雲朵絢爛而迷人，就像身處在一個奇妙世界。

時間過得很快，在飛機上吃了午餐，休息了一會，就能看到台灣的陸地了。那麼美，就像是一塊翡翠寶玉，鑲嵌在藍色的海洋，那片陸地就是我們要去的地方，感覺陌生而又熟悉，第一次有這種經歷，第一次遇到這種景色，卻有一種久別重逢的親切感。

我們坐著車緩緩行駛在路上，能看到近處的海，遠處的山，和陸地上青青的草坪，還有公路，連成一片，像是一幅絕妙的畫，乾淨、空靈、清澈。

過程——衣帶漸寬終不悔，為伊消得人憔悴

2016 年 9 月 11 日

第一次來到淡江學園，覺得這裡不太像學生宿舍，樓下有肯德基、85℃，還有台灣的便利店。一樓值班的叔叔很親切，來來往往都會微笑著打招呼，頂樓有健身房、也有洗衣房、還有交誼廳，可以聚會，也可以學習。沒來之前，有不少的憧憬和期待，想要通過各種管道瞭解在這裡的生活細節，但是再多的期待都想像不出真實生活的樣子，我很開心，也很滿足。

2016 年 9 月 13 日 （二）晴 淡江大學

上大學之前一直生活在平原，進了福師大後，以為少有學校像師大一樣，每天上學的路都是上坡和下坡。但知道來到這裡才發現，我們的淡江大學原來也是建在坡上。不過，由於前兩年的磨練，我已經習慣了這樣的校園。

喜歡去淡江大學的圖書館看書，不僅僅因為那裡的藏書豐盛，還因為在圖書館裡能看到很美的風景——淡水河岸。

2016 年 9 月 15 日 （四） 中秋節 晴 西門町與 101

這是來到台灣的第一個節日，本是應該同家人團聚的時光，我們卻遠離親人，漂洋過海來到這，難免想念家中的親人。不過，這邊的老師和同學都很熱心、親切，讓我們很快適應了這裡的生活。

這也是第一個假日，我和舍友們一起相約出去逛。第一次坐台灣的捷運，第一次來到台北 101，第一次來到西門町，親眼見識到了很久以前就在新聞中、老師們的口中聽到過的建築與台灣街頭熱鬧的市井風情，我彷彿第一次真正地去觸摸到了這個地方。

2016 年 9 月 16 日（五） 晴 士林夜市

一直都很期待台灣的夜市，看到琳琅滿目的小吃，心情自然就變得很好，不過現實總是不盡如人意，本來以為可以差不多嚐遍夜市的食物，但是很無奈，興奮的吃完一種就很飽了，接下來就帶著很滿足的胃，逛完了整個美食街。

2016 年 9 月 18 日 （日）晴 漁人碼頭

一直心心念念淡水的夕陽，想要真實的領略傳說中的美景，就與舍友相約去漁人碼頭看夕陽，但是出發的太晚，我們就坐在公交車上，看著太陽一點一點落下山，不過沒有太陽的漁人碼頭也很美。

2016 年 9 月 25 日 （日） 晴 富貴角

班級要拍兩週年的視頻，雖然我們在台灣，但我們也期待以一種比較特別的方式參加屬於我們的兩週年晚會。跟著同學們一起來到富貴角，在這裡還可以看到美麗的燈塔，

「我們在富貴角，台灣最北的地方。」我們對著鏡頭燦爛地笑著，大聲告訴在對岸的朋友和家人。

2016 年 10 月 1 日（六） 晴 平溪

這天，在大陸是國慶節，在台灣只是週末。恰巧碰到一個同學過生日，便五六個人相約一起出去玩，我們選擇的地點是平溪。第一次坐台灣的火車和高鐵，也是第一次可以看到火車外面的風景。平溪的景點很多，我們就坐著小火車一站一站逛過去。有文藝而又美麗的菁桐，還有裝了滿滿祝福的竹筒。最喜歡的是這個叫做「十分車站」的地方，名字簡單而又雅緻，寓意著十分幸福，很多遊客將心願寫在天燈上，滿足地看著天燈越升越高，就好像那些願望已經實現了。放眼望去，古舊的鐵軌上站滿了放天燈的人們，那場景跟這裡的名字貼合極了，果真是十分車站，有著滿滿的十分幸福的人們。

順著鐵軌的方向，我們無意中走進一條小巷子，一位阿嬤給我嚐他們家親手做的豆干，並且和藹的告訴我，「媽祖會保佑你」，我不信這些信仰，卻十分相信這些祝福，也被說出這些祝福的人，深深的感動著。

這裡除了人情美，風景也很美。平溪帶給我很多驚喜，雖然只是一個小地方，卻遇到了很多令人無法忘懷，又為之觸動的人與物。

2016 年 10 月 22 日 （六） 晴 深坑老街

這天，老師帶著我們來到深坑老街，瞭解深坑的文化。我們一邊完成任務，一邊品嚐著美食。我大概永遠都沒辦法忘記這個

地方。在這裡，我跟我的同學，一起將這裡拍的視頻做成了綜藝短片，這是我第一次接觸視頻剪輯，第一次參與進這麼有趣的工作中。比較遺憾的是，我排了好幾條隊，都沒成功地吃上這裡的豆腐，錯過了這條街的著名招牌。

2016 年 11 月 26 日（六）晴 大溪老街

台灣的老街很多，但每個老街都有獨特的風味，導遊帶我們走過美麗古老的石板古道，又為我們介紹了迷宮似的小弄堂，建築的風格設計代表著家族興旺和鄰居和樂的含義，大道上牌樓與騎樓，以繁複華麗的浮雕圖案設計為主，精巧絕妙，每一種圖案都代表著主人的憧憬和希望。

下午我們參觀了義美食物工坊，還學習了做蛋糕，雖然做出來的蛋糕慘不忍睹，但回來後還是滿心歡喜地吃完了一整塊，說來奇怪，蛋糕吃起來並沒有看著那麼難吃，心中反而感到滿足。

2016 年 12 月 10 日（六）晴 台中、鹿港

在出發前幾天出現了一些小小的問題，但是很幸運，最後還是按照約定的行程開始了我們的旅行，很感謝可愛的老師為我們安排的這一切。

去了鹿港地各個景點，很幸運遇到了鹿港的廟會，一整條街的隊伍浩浩蕩蕩，十分有趣，聽說是送高雄的媽祖回到鹿港，當地信客稱之為「回娘家」。這個活動很淳樸很傳統，卻非常得熱鬧，

無論是信客、香客還是遊客，前來參與的都很多。跟著老師一路走來，不僅看到很多風景，也學到了很多背後的歷史知識與故事。

離開—眾裡尋他千百度，驀然回首，那人卻在燈火闌珊處

時間流轉的飛快，黑夜與白天的輪迴，這一次的相遇，就要畫上句點。就像精心準備的一個離開的儀式，期中考過後，大家都努力為期末報告準備。每天開會到凌晨，哪些地方要認真分析學理，怎樣才能將 PPT 做的漂亮簡約，哪些內容需要拍攝視頻、補拍及修改，又有哪些內容需要反覆練習上台後如何講演……事情那麼多，很久都沒有那麼忙了，那些日子充實快樂，也會為自己的精彩表現而喝彩慶祝。雖然與同學的交流合作中也少不了摩擦，有時候也會突然很想發脾氣，或者累到想要回家。總之，時間就在忙忙碌碌的生活中溜走了，期末的報告還沒有做完，突然網球社的家爸家媽告訴我們，這學期的最後一次社課結束了，我們教了你們很多，成果還不錯，下學期就未必會遇見了。那麼突如其來的，離別就來了，還沒意識到我在這個學期做過一些什麼，就已經被要求準備好要告別了。

來之前就無數次下定決心，一定要好好把握這些時光，我也說不清楚在這裡究竟學到了些什麼知識，又學到了什麼人生哲理，但我知道，這半年來，學的很開心，也玩的很開心。我遇到了超級多可愛的老師，會教給我們很多知識，不只是課業方面，還有終身受益的道理。他們還帶著我們吃，帶著我們玩，帶著我們體驗生活的美好和樂趣。而這段時間在台灣的經歷，也教會了我們

開放的心態，教會我們自信，勇敢的朝著自己的夢想走去，教會我們更加樂觀的面對生活，用更多的微笑和友好對待身邊的人。慶幸我們還有半年的時間，只希望我能夠把握這次與台灣相遇的機會，好好學習，好好生活。

特輯：台灣的貓貓狗狗們

　　我最喜歡的動物是小狗，從小到大家中養了不少小狗小貓，它們都是我童年的小夥伴，陪伴著我成長，我喜歡小狗，看了很多關於狗狗的電影，也瞭解了很多關於狗狗的知識，喜歡它們的忠誠可愛與陪伴。我的家中也養過無數隻小貓，有時候一窩小貓咪在家裡跑來跑去，就像多了很多家人，顯得無比的歡快和熱鬧。

　　在台灣，很多人家都喜歡養小狗小貓，他們管它們叫做「毛小孩」，聽起來親切又可愛。甚至在很多店鋪裡，小貓小狗成為店鋪的一大特色，有的小貓小狗顏色相間，很可愛又很漂亮，有的長相普通，就像我們家裡的很多小狗小貓一樣，我遇到很多很多的貓貓狗狗，就像交了很多有趣的朋友，看到它們就會覺得很感動，因為有了它們，那些家庭多了很多的幸福吧。因為有了它們，我的童年也多了很多幸福。

從北到南，活在台灣

方淑田

太陽升起的時候陷入沉睡，夜晚降臨的時候開始清醒。

我在星星不夠繁密的晚上給你寫信。

嘿，你怎麼樣？

我過的很好。

這是我來到這裡的第一百天，習慣了隨處可見的 24 小時便利店，習慣了乾淨整潔的街道，學會了垃圾分類和幾句口頭禪，

漁人碼頭的船隻

但是沒有學會黏糯的台灣腔。

風從港口的位置吹來，帶著鹹腥的海洋味道；公車在固定的時間駛來，大廳裡排滿等待著的人群；我在北緯 25 度的淡水，在陽光明媚的午後，在擁擠的街道人潮裡，感受著另一種生活。

從沒想過我可以與太陽這樣親近，而今熱辣的陽光讓我在冬天裡也時常穿著短袖衛衣。夾腳拖貼合在腳掌，陪我從淡江學園走到教室，從一條街走到另一條街，從 2016 走到新的一年。

平安夜的鐘聲響起來的時候，我們一群人正在頂樓公共交誼廳裡趕報告，不眠不休的生活讓人有些混沌，但遠方真實的煙火照亮了天空，我們的確很快就要再年長一歲，就如同樹種蟄伏數年，突破泥土。樓下的速食店老闆已經認識我了，因為我總是在週五的晚上去他們家吃肉燥飯和轟炸大魷魚，在涼涼的夜裡，放一勺一勺辣椒，然後吃著吃著流下眼淚。我不怕辣，只是有些傷感，也許是知道這樣的時刻總會結束，又或者是這夜晚的風太多情。

經過北海岸的時候，風更加獵獵有聲。雲朵在視線能夠到達的地方大片大片地堆疊，而視野之外的方向，大約就是故鄉。看著行駛著的漁船渺小的彷彿靜止在水面上，我才對海洋的蒼茫有

了真實而深刻 認知。

　　到達台灣最北—富貴角的時候是凌晨 1 點。海浪拍打著沙灘和鵝卵石，燈塔比星光還璀璨，太平洋的風兜兜轉轉吹亂我的劉海，漁船也未休眠。我不知道它從哪裡駛來，也不知道它要駛向何方，這些無法知曉的事情，讓我對生活始終富有激情。我對它們始終保有著好奇，好奇著也許沒有什麼值得好奇的事情—比如為什麼我們要在夜裡來看海，在夜裡登上陽明山，在夜裡吃著熱騰騰的宵夜，大口喝著豆漿並把它當做烈酒，大膽地說著愛和夢想。那時候店裡沒有什麼人，說話的聲音會融進廚房飄忽的蒸汽裡。門口放著傘，機車安靜地靠在門外。之前的二十年裡，我沒有乘坐過機車，而今它載著我快要跑遍台灣北部的所有角落。在台北的閃耀燈光裡，在淡水的古樸巷落裡，在宜蘭的廣袤平原裡，我們都在和另一個自己同行。

　　在九份放飛的天燈現在不知道飄去了哪裡，上面認真寫下的每一個字和願望，在新的一年裡應該會成真吧。畢竟當時也那麼虔誠地祈禱過，祈禱所有痛苦都留在心底；我祈禱擁有一顆透明的心靈和會流淚的眼睛；我祈禱心臟能夠溫熱地跳動；我祈禱生活能夠時刻在路上。而我現在，也正在這麼努力向上地活著。

　　我將機車留在了北部的土地，高鐵捷運和大巴帶我來到 Z 的家鄉—台南。Z 是在台灣認識的朋友，有耐心並且有趣，說話的時候眼睛撲閃撲閃的，像是夏夜裡的螢火。她帶我從大天后宮走到赤崁樓 、安平老街、安平樹屋、安平古堡、花園夜市；從國立

成功大學走到海安路藝術街、神農街、台南孔廟、國立台灣文學館、大東夜市……夾腳拖換成了帆布鞋，太平洋的風也不用在城市中兜兜轉轉才能來到我的面前，因為我們來到了更接近太平洋的地方—墾丁。這個普通的小鎮，碧海藍天賦予它特殊的風情。我們白天在海水浴場享受海岸美景，潛入珊瑚綠和墨藍的海底，看陽光在頭頂形成巨大的光圈，也曾騎著電動車肆意在海風裡在眼光下張開雙臂肆高聲呼喊；而夜晚則沿著墾丁大街的街道，路過舞場、小吃攤和酒吧，看霓虹燈一刻不停地閃爍，音樂覆蓋了所有聲音。

這是沸騰著的生活。

Z問我，你會離開嗎？

會的，但不是現在。

那我會很想你。

我也一樣。

我覺得我會想念Z和很多人吧。關係親密的，又或是萍水相逢的。我倒是無比慶幸遇見Z這樣的姑娘，有著台灣特有的味道，溫柔、對世界充滿善意。

她在夕陽下的港口裡唱：如果夜晚能夠不來臨，是否我們一直就這樣相互熱愛著。

我回答：即使夜晚如期而至，我依舊不會輕易忘記你。

生活裡這些無法理喻的相遇總是帶給我最特別的驚喜。公車的司機（師傅）聽見我們的腔調能夠立馬分辨出來我們是異鄉人。他說：「要加油哦！」；民宿的老闆知道我們是來台灣研修大陸學生，他說：「給你們換最大的房間，不用加錢啦！」；我慶幸遇見的所有人都和 Z 一樣，渾身都是微笑的力量。我沒有理智地和一面之緣的人們奔走四方，分享之前幾十年生活裡彼此沒有參與過的所有。

捷運上的老人問我們來自大陸哪裡？

喔，我們來自大陸各地，那裡有您的故鄉嗎？

有的，有的。我很想念它，你們要好好在這邊生活，然後回去告訴家人，我們的心永遠在一起。

會的會的！

之前的所有歲月裡，沒有人可以想像當下的遇見是跨越了山海的照面。而如今時常的寒暄跨越了幾十年時間的間隙，在耳邊宛若歌聲。

生活風情總是萬般詩意。不同於往日的生活方式最讓人

環島夥伴在屏東車程海口港（上）
淡水紅毛城留影（下）

283

沉迷。比如存在在任何地方的夜市彷彿散落在人間的明火，在夜幕降臨的時候，在我清醒的時候，發出光亮來。人潮無比擁擠，食物的味道會一直誘惑著你。過去在大陸的時候，我就喜歡花很長的時間逛市集，從頭吃到尾，從頭逛到尾。對於我來說，這樣的時刻最能觸摸一個地方的精魂。耳邊嘈雜的地方語言比任何時候都有溫度，每個人的眼神都和 Z 一樣，盛滿夜晚的燈火。在某個空暇的晚上，和 Z 及幾個朋友在忠孝東路走了九回，經過了不少鞋店，但是沒有發現喜歡的鞋。擦肩過陌生人潮陌生的臉，沒有遇見特別喜歡的人，但也不是很心碎。台北街頭人來人往，我們在這裡像落葉和塵埃，又像是空氣，無法溯源。我對夜晚有著無端的喜愛，喜歡在夜裡聽歌寫報告，喜歡在夜裡的誠品書店，拿著一本有趣的書，找一個舒適的位置，點一杯滾燙的咖啡，外套和包放在一邊，整個人窩進沙發，用最不容易困倦的姿勢，打開書的扉頁。

書裡說，時間還很長，要到達的地方還很多。

而你？準備好了嗎……

感謝一路陪伴

企劃組：方淑田

　　自從決定一起為我們這個特別的班級出版書之後，我們不斷進行小組會議，開始為這本書進行創意性的思考，讓它成為回首這一段青春時光的憑證。作為第一屆閩台班，我們身上有著兩岸合作學校和學弟妹們的期盼。在這一年裡，在同樣的春夏秋冬經歷不同的人生，簡單的生活感悟反而成了台灣收穫的最好見證。我們選擇讓每個同學描寫屬於自己的心靈感受，以 49 個人的視角寫出台灣的風景。大家想要賦予這本書最豐富的意義，想要它擁有創意的形式，獨特的內容。經過無數次會議，捨棄和留取，看著它一路走來終於成形，收穫感不言而喻。一年即將結束，在這個熾熱的六月，我們帶著這本書，帶著一年的回憶迎接大四。

　　當你的目光終於停留在這本書的最後一頁，停留在這段文字上時，你大概想不到，現在的我們，是怎樣的躁動不安卻又努力保持平靜，想給這本書一個完美的結尾。感謝所有的文字，讓我們重新回想那個跨越了四季、不斷摸爬滾打的過程。為什麼要出這本書？這也是我很久沒問過自己、快要忘了的問題。大概是因為有《創新出版產業概論》這門課程的存在，一個學期，它帶我們重新認識出版產業，在教學中，理論應用於實踐是不變的課題。更多的應該是因為我們這個班如此特別，「第一屆」、「閩台專班」、「文創專修」，這一切值得被記錄和紀念。

　　第一次提起出書是在 11 月，那時天氣濕潤有雨，我們隱隱的期待，連同著瘋狂滋長起來的青苔，在風裡也越發繁盛起來。出書，有點讓人興奮，也有點兒不自信。我們從來沒有想過可以出版一本屬於我們的書，但是在福建師範大學和淡江大學的大力支持下，實實在在地擁有了這樣一次機會和一種可能。在這整個過程中，企劃組絞盡腦汁想出了各種新奇的點子，精心地設計每一個板塊；編輯組收集所有人的文稿，仔細地修改校對每一個字；紀錄片組用心拍攝整理素材，展現我們在台灣經歷的種種……然而，現實與想像的差距仍舊如期而至。從最初對每篇文章的內容和寫作形式的搖擺不定，到後來收集的圖片不符合印刷要求，再來是書的封面、排版設計不斷調整優化，以及很多千奇百怪的點子無法被採用……我們能感覺到隨著時間流逝，責任有重無輕，也明白原來所有灼灼耀眼的期待，都需要在日復一日的疲憊裡，才能被打磨成無與倫比的美麗真實。

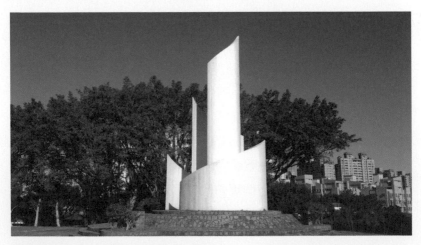

書卷廣場

　　無所不往，無所畏懼。差不多是能想到最美好的詞彙，用來形容這一段焦頭爛額的日子。熬夜會有，輕鬆愉快的時候也會有。修改了幾次的稿子，收集了幾輪的圖片，還有靜靜躺在電腦裡的排版文檔們現在不再讓人頭疼，但是看到仍舊熱血難平。不是說我們這群人的工作有多偉大，而是在這樣的年紀裡，有這樣的經歷讓人驚喜。驚喜一本尚不夠完美的書出生，驚喜這深夜寫下的話可以表達生命裡的小確幸，驚喜這一天的你翻開了這本書，也驚喜青春的尾巴還在搖擺……

　　感謝這本書的出版過程裡付諸心血的所有人。

　　感謝淡江大學和福建師範大學所有師長們，對於我們這群孩子的關懷；感謝吳秋霞老師帶領懵懂的我們在出書道路上勇往直前，從一而終；感謝張曉嵐老師和尚光一老師的諄諄教導和全程陪伴；感謝企劃組為了給這本書設計出最合適的架構與方向，想出又推翻一個個方案；感謝編輯組犧牲寒假休息時間，一遍又一遍地為每一個人審稿、改稿；感謝紀錄片組扛著沉重的攝影裝備穿走在淡水的大街小巷，用心記錄我們在出書過程中的點滴；感謝每一位同學的真實故事和有溫度的照片。

　　感謝一路陪伴。

　　企劃組全體：崔征、方淑田、何歡、張煒晗 、張鶯楠

　　（排名按照姓氏首字母順序，不分先後）

國家圖書館出版品預行編目資料

大三那年,我在台灣 / 吳秋霞、張曉嵐主編 . -- 初
版. -- 新北市：淡大出版中心, 2017.05
　　面；　　公分. -- (淡江書系；TB017)
ISBN 978-986-5608-55-2（平裝）

855　　　　　　　　　　　106007793

淡江書系 TB017　　　　　ISBN　978-986-5608-55-2

大三那年，我在台灣

主　　編	吳秋霞、張曉嵐
文字/攝影	張煒晗、周婧雯、周曉迎、朱亞琳、黃一銘、張斌煌、董佳鈺、楊曉珊、崔征、蔣欽文、章雨西、朱思奇、李婉婕、申煜、何雨帆、張詩雅、杜翔、趙艷晶、李研汐、張儀、陳海容、廖嘉琪、林德旺、聶昭穎、毛橋含、韓宇琴、郭立言、史雅萍、陳成國、唐彬瑤、王藝萱、黃君、張鶯楠、郭論、王大興、張倩倩、陸星瑤、江逸豪、何歡、邱瑤、蘇麗婷、司麗莎、汪盈、方淑田、翟宇婷、葛問鼎、臧瑋辰、鄭毓銘
文字主編	朱思奇、黃君、陸星瑤、李研汐、黃一銘
美編助理	方淑田
社　　長	林信成
總 編 輯	吳秋霞
行政編輯	張瑜倫、陳卉綺
內文排版	淡江大學出版中心編輯室
封面設計	斐類設計工作室

發 行 人	張家宜
發 行 所	淡江大學出版中心
印 刷 廠	中茂分色製版有限公司
出版年月	2017年5月
版　　次	初版

總 經 銷	紅螞蟻圖書有限公司
展 售 處	**淡江大學出版中心**
	地址：新北市25137 淡水區英專路151號海博館1樓
	電話：02-86318661　　傳真：02-86318660
	淡江大學──驚聲書城
	新北市淡水區英專路151號商管大樓3樓
	電話：02-26217840